인간 혐오자

Le Misanthrope

미래와사람 시카고플랜 005

인간 혐오자
Le Misanthrope

❖ ❖ ❖

몰리에르

김혜영 옮김

/
차례
/

인물관계도 및 등장인물 * 7

제1막 * 9

제2막 * 39

제3막 * 67

제4막 * 93

제5막 * 117

옮긴이의 글 * 142

몰리에르 연보 * 148

인간혐오자 인물 관계도

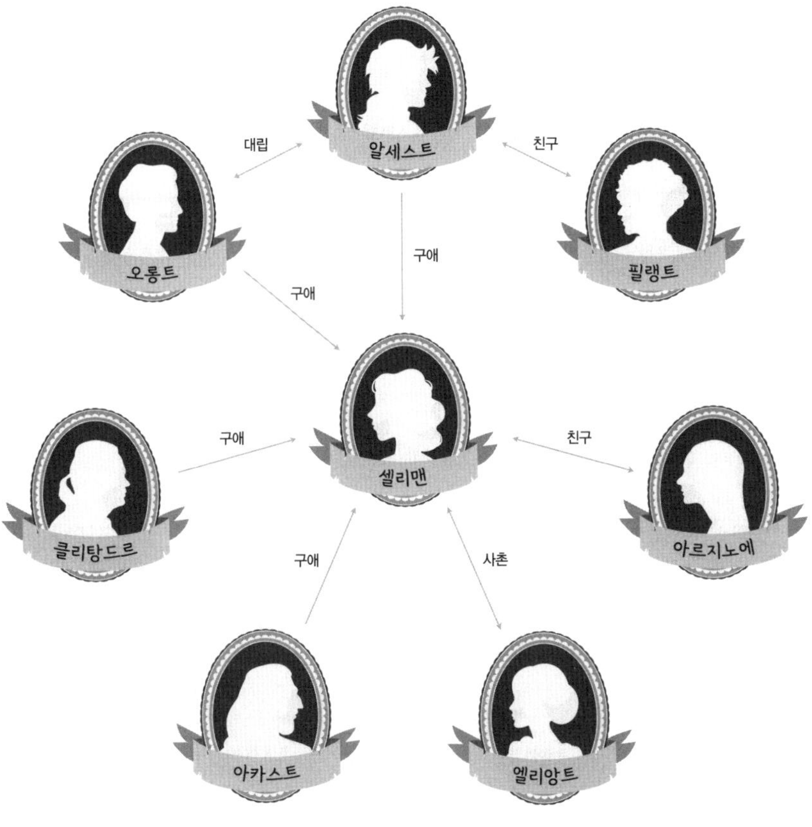

- 알세스트 — 대립 → 오롱트
- 알세스트 — 친구 → 필랭트
- 알세스트 — 구애 → 셀리맨
- 오롱트 — 구애 → 셀리맨
- 클리탕드르 — 구애 → 셀리맨
- 아카스트 — 구애 → 셀리맨
- 엘리앙트 — 사촌 → 셀리맨
- 아르지노에 — 친구 → 셀리맨

기타 등장인물

뒤 부아
(알세스트의 하인)

바스크
(셀리멘의 하인)

법원 관리인

제1막

/
1장
/
필랭트, 알세스트

필랭트 그러니까 왜 그러는 거냐고? 도대체 무슨 일인데?
알세스트 상관하지 마.
필랭트 정말 이해할 수가 없군. 왜 그러는지 말을 해 봐.
알세스트 내버려 두라니까. 제발 사라져 줘.
필랭트 사람이 말을 하면 들어야지. 화만 내지 말고.
알세스트 화가 나는데 어떡해. 아무 말도 듣고 싶지 않아.
필랭트 갑자기 왜 그렇게 괴로워하는지
도저히 이해할 수가 없어.
그래도 내가 자네와 가장 가까운 친구잖아.
알세스트 자네와 내가 친구라고?
여태껏 그렇게 생각했다면 앞으로는 그러지 말게.
방금 자네가 어떤 짓을 했는지, 똑똑히 지켜봤어.
분명히 말하지만 나는 더 이상

필랭트 자네 친구가 아니야. 나는 난잡한 자들과
가까이 지내고 싶은 생각이 추호도 없거든.
그러니까 자네 말은 내가 무슨 큰 죄라도
지었다는 거야?

알세스트 이봐, 너무 수치스러워서 벌써 죽고 싶어야
정상일걸. 그런 행동은 용서받을 수 없어.
도덕적인 사람이라면 분개할 줄 알아야지.
조금 전 자네는 어떤 사람을 호들갑스럽게
반기더군. 지나치게 다정한 모습을
보이면서 말이야. 함부로 맹세하고 구애하고
확언을 했어. 격렬하다 싶을 만큼 끌어안았지.
그가 자리를 떠난 후 누구냐고 내가 물었어.
그런데 자네는 그가 어떻게 불리든
상관없다는 듯이 대답했고. 그 사람 앞에서
요란을 떨던 자네는 온데간데없었어.
그는 이미 별로 중요하지 않은 사람이
되어 버렸지. 제기랄, 이렇게 비굴하게
그의 마음을 저버리다니! 너무 비열하고
비겁하고 야비한 행동이야. 생각하기도 싫지만,
만약 내가 그런 식으로 행동했다면
너무 후회되어서 바로 목매어 자살했을 거야.

필랭트 그게 무슨 교수형에 처하기까지 할 일이야.

알세스트	조금이라도 내 생각을 해 줄 수는 없어? 너무 성급하게 결론을 내리지 말고. 그런 일로 나를 목매달지 말아 줘. 부탁할게. 농담도 어쩌면 그렇게 억지스럽게 하지?
필랭트	그렇다면 진지하게 물을게. 내가 어떻게 하기를 원하나?
알세스트	솔직했으면 좋겠어. 명예를 중시하는 사람으로서 진심에서 우러나오는 말만 했으면 해.
필랭트	누군가 자네를 보고 반가워서 안아주려고 온다면 자네도 그 사람과 같은 마음으로 그를 대해야 해. 구애는 구애로, 맹세는 맹세로 갚아야 하고 할 수 있는 만큼 친절하게 맞아주어야지.
알세스트	아니야, 그렇게 시류에 편승한 방식은 비굴하기 짝이 없지. 나는 자네 같은 사람들을 차마 두고 볼 수가 없어. 과장된 태도가 너무 혐오스럽거든. 그런 사람들은 거리낌 없이 맹세를 남발하지. 거만하고 경박하게 친절한 척하면서 포옹하려 들고 안 해도 될 말을 인사치레로 건네면서 모든 사람에게 달려들어. 정직한 사람에게도, 건방진 사람에게도 똑같은 얼굴을 해.

누군가 자네에게 아첨을 떨고 요란하게
찬사를 쏟아내면서 우정과 믿음, 헌신, 존경,
애정을 약속하고는 누가 봐도 미친놈인
다른 누군가에게도 똑같이 행동한다면
자네가 얻는 건 도대체 뭐지?
없어, 없다고.
그렇게 질 떨어지는 알랑거림은
아무런 의미가 없어. 아무리 최고의 영광을
쏟아부어도 결국 싸구려 잔치에 불과해.
우리가 전체라는 영역 안에서 함께 뒤섞이는 순간
특혜라고 생각했던 존중은 순식간에
사라지고 마는 거야. 모두를 존중한다는 건
아무것도 존중하지 않는다는 뜻이거든.
제기랄, 자네가 이 시대의 악행을 따르고 있으니
내가 어떻게 자네와 친구가 될 수 있겠어?
넘쳐흐르는 호의는 진심으로 거부하겠어.
도대체 뭐가 다른지 모르겠거든.
나는 다른 사람들과 뚜렷하게 구별되고 싶어.
내가 인간이라는 존재와 친구가 되는 일은
일어나지 않을 거야.

필랭트 하지만 사교계에서는 관습을 따르기 마련이야.
겉치레로 예의를 차려야 하는 경우가 있어.

알세스트	아니, 사교계의 그런 사정까지 봐줄 필요는 없어. 우정을 가장한 교류는 수치스러워. 제대로 벌해야 해. 누구를 만나 이야기를 나눈다 해도 마음 깊은 곳이 드러나야지. 그 누구에게도 절대로 감정을 숨기면 안 되지. 상대를 추켜세우는 말 따위도 필요 없어.
필랭트	하지만 너무 솔직하게 행동해서 오히려 우스꽝스러워지거나 용납받지 못하는 경우들도 꽤 많아. 그리고 가끔은 속마음을 숨기는 게 좋을 때도 있어. 명예를 중요하게 생각하는 자네는 동의하지 않겠지. 수많은 사람을 상대할 때마다 그들에 대해 어떻게 생각하는지 있는 그대로 다 이야기해 주는 게 과연 예의에 맞는 행동일까? 싫어하거나 마음에 들지 않는 사람 앞에서 그를 어떻게 생각하는지 솔직하게 말할 수 있어?
알세스트	나는 할 수 있어…….
필랭트	뭐라고? 자네는 에밀리 할머니에게 가서 그 나이에는 예뻐지려고 하는 건 정말 이상한 짓이라고 말할 수 있나? 할머니가 허옇게 화장하고 다니는 모습에 사람들이 얼마나 분노하는지 아느냐고 말할 수 있어?

알세스트 당연하지.

필랭트 그렇다면 도릴라스에게 가서 그는 민폐를 끼치는 사람이라고도 말할 수 있고? 궁정에 나와 자신의 용맹함과 화려한 혈통에 대해 너무 떠들어 대서 귀가 따가울 지경이라고 말할 수 있겠어?

알세스트 못할 게 없다니까.

필랭트 농담이겠지.

알세스트 아니, 절대로 농담이 아니야. 나는 모든 사람에게 똑같이 적용할 거야. 궁정과 파리는 화를 돋우기만 해. 두 눈이 너무 아파서 빠질 지경이라니까. 우울하고 슬퍼서 깊은 늪에 빠진 것 같아. 내가 그들을 통해 본 거라고는 비열한 아첨과 부당한 행위, 배신, 교활함뿐이야. 그 외에는 아무것도 찾아볼 수 없어. 화가 나서 더 이상 견딜 수 없어. 이제 나는 인간들에게 정면으로 맞서려고 해.

필랭트 자네는 세상을 너무 냉철하게 보느라 고통스러운 거야. 적의만 가득 찬 자네 모습이 너무 미개해 보여서 웃음이 나. 우리 둘은 자라온 환경이 별반 다를 게 없어. 『남편들의 학교(L'Ecole des maris)』라는 희곡에 등장하는 두 형제 같아……

알세스트 맙소사, 의미 없는 비교는 하지 마.
필랭트 자네야말로 엉뚱한 짓 그만둬, 제발.
자네가 아무리 그래도 세상은 바뀌지 않아.
솔직히 말하면 자네는 정직성에 너무 빠져 있어.
어디를 가든 웃음거리가 될걸. 시대의 관습에
대한 자네의 분노는 너무 지나쳐. 그런 모습은
많은 이들의 조롱의 대상이 될 뿐이야.
알세스트 정말 다행이네. 빌어먹을, 잘 됐어.
내가 바라던 바거든. 정말 좋은 징조가 나타났어!
너무 기뻐. 사람들은 전부 추잡하기 짝이 없지.
내가 그런 그들에게 현명하게 보인다면
도리어 불쾌할걸.
필랭트 인간 본성에 대한 악의가 도를 넘었군!
알세스트 맞아! 나는 인간의 본성이 끔찍할 정도로
혐오스러워.
필랭트 사람은 어차피 죽음을 향해 살잖아.
불쌍한 존재라고. 그런 그들을 단 한 명의
예외도 없이 혐오한다는 말이야?
괜찮은 사람들도 있어…….
알세스트 예외는 없어. 모두가 혐오스러워.
어떤 사람들은 행실이 나쁘고 심술궂지.
그런 사람들에게 친절한 사람들도 있고 말이야.

도덕적인 사람이라면 당연히 분개해야 하지 않아?
더 기가 막힌 건 고결한 영혼을 지닌
사람들에게는 마음 놓고 악행을 저지른다는 거야.
환심을 사려는 태도야말로 불공정한 폭력이라고
생각해. 내가 소송 중인 그 몹쓸 자식도
가면을 쓰고 있어. 그 가면 뒤 얼굴은 얼마나
음흉한지 몰라. 여기 사람들은 그가
어떤 사람인지 속속들이 알아.
그러니 그가 아무리 눈을 굴리고
부드러운 말투로 말해도 여기에서는
통할 리 없어. 모두 잘 알고 있으니까.
그가 보여 주는 성공은 지저분한 방식으로
얻은 거지. 그의 운명은 화려하지만 꾸며진 거야.
미덕을 질책하고 선을 부끄럽게 만들어.
그를 통해 볼 수 있는 건 불명예밖에 없지.
그의 영광은 너무 비참해서 아무도 우러러볼 리
없을 거야. 그를 교활한 자, 비열한 자,
저주받은 자, 흉악한 자로 부르자고 하면 전부 다
동의하지 반대하는 사람은 한 명도 없을걸.
그런데 참 이상하지. 그의 가식적인 얼굴이
여기저기에서 환영받아. 그는 어디나 잘 비집고
들어가고 사람들은 그를 맞아주고

그에게 웃어주지. 그가 높은 지위를 차지하려고
술수를 쓰면 오히려 정직한 사람이 그에게 자리를
뺏기고 말아. 제기랄, 이런 모욕은 너무
고통스러워서 죽을 것 같아. 악행을 저지르면서
기어코 자리를 지켜내는 모습을 보고 있노라면
차라리 사막으로 도망쳐 버리고 싶어.
사람들에게서 멀어질 수 있을 테니까 말이야.

필랭트 맙소사, 자네는 사회적 통념에 너무
날을 세우고 있어. 인간의 본성에 대한 혐오를
조금 거두어 봐. 무조건 발톱을 세우고
살펴보려고 하지 말고 조금 여유를 가지고
인간들의 결점을 바라보려고 해 봐.
요즘 세상에서는 너그러움도 미덕이야.
지나치게 따지고 들면 비난받기 십상이거든.
완벽한 이성을 지니고 싶다면 생각이 극단적으로
치우지지 않게 절제할 줄 아는 지혜가 필요해.
아득한 옛날의 미덕을 고집하면서 너무 뻣뻣하게
버티면 우리가 살아가는 이 시대와
충돌할 수 밖에 없어. 사람들에게 완전무결하기만
바라면 안 돼. 아집만 내세우지 말고 시대에
유연해져야지. 세상을 고쳐 볼 생각만 하고
관대해지지 않는다면 그건 그저 미쳐 날뛰는

광기에 불과해. 나도 매일매일 자네처럼
더 좋은 세상을 꿈꾸며 다른 방향들을 떠올려
보고는 하지. 자네처럼 화가 날 때도 있어.
하지만 겉으로 드러내지는 않아.
나는 사람들을 있는 그대로 이해하려고 해.
그들이 행동하는 방식에 익숙해지려고 해.
내가 도시에서든 궁정에서든 자네처럼 화내지
않는 건 침착함이야말로 진짜 철학이라고
여기기 때문이야.

알세스트 그런데 필랭트, 침착함을 그렇게 중요하게
생각하면 정말 화나는 일이 없어?
만약 친구가 자네를 배신하거나 자네의 재산이
탐나서 계략을 꾸미고 자네를 음해하려는 소문을
퍼뜨리고 다녀도 절대 화내지 않고 모든 상황을
지켜만 볼 수 있어?

필랭트 응, 나는 자네를 분노하게 만드는 인간의
결점들이 인간 본성에 원래 존재하고 있던
악덕이라는 걸 인정하거든. 그걸 받아들이니까
감정이 상할 일이 없어. 위선적이고 불공정하고
탐욕스러운 인간을 봐도 늘 살육에 굶주린 채
살아가는 독수리나 영악한 원숭이,
격분해 날뛰는 늑대를 보는 것 같거든.

알세스트	자네 말은 배신당하고 만신창이가 되고 도둑질당해도 그냥 지켜보기만 하라는 거야? 제기랄, 말도 안 돼. 자네의 논리는 정말이지 앞뒤가 안 맞아.
필랭트	잘 생각했어. 자네는 침묵하는 게 더 나을 수 있어. 소송 중이라는 그 사람에게 감정 소모하지 말고 재판에나 더 신경 쓰라고.
알세스트	이미 말했잖아, 그럴 생각 없다니까.
필랭트	그렇다면 자네는 누군가가 자네를 위해 나서 주기를 바라는 거야?
알세스트	내가 바라는 거? 나는 이성과 정당성 그리고 공정을 원한다니까!
필랭트	판결 전에 판사도 찾아뵈어야 하잖아. 그것도 안 할 거야?
알세스트	당연하지. 자네는 내 입장에 문제가 있다는 거야?
필랭트	나야 그렇게 생각하지 않지. 하지만 소송 중이라는 그 사람이 음모를 꾸며서 자네를 난처하게 할 수 있잖아. 그리고…….
알세스트	그만해. 나는 한 발자국도 움직이지 않을 거야. 내가 옳든 그르든 아무 상관 없다고.
필랭트	너무 자신하지는 마.
알세스트	내 생각은 절대 변하지 않아.

필랭트 그 사람이 만만한 상대가 아닐 텐데……
무슨 일을 꾸밀지 모르잖아.

알세스트 상관없어.

필랭트 나중에 후회하면 어쩌려고.

알세스트 할 수 없지. 나도 결과가 궁금하군.

필랭트 혹시…….

알세스트 혹시 이기지 못한다고 해도 기꺼이 받아들여야지.

필랭트 정말 그럴 수 있을지…….

알세스트 이번 재판에서 지켜볼 거야.
인간들이 얼마나 뻔뻔하고 심술궂고,
사악하고 흉악한지. 어차피 세상의 눈으로 보면
불공정한 건 나일 테지만.

필랭트 자네 정말 대단하군!

알세스트 인간들의 본성을 제대로 알릴 수 있다는
사실이 더 중요해. 그럴 수 있다면
어떤 대가를 치르더라도 소송에 지고 싶어.

필랭트 알세스트, 지금 자네의 말은 그 누가 들어도
비웃을 거야.

알세스트 나는 상관 안 해.

필랭트 그런데 자네가 그렇게나 원하는 온전한
정직성이라는 거 말이야. 자네가 사랑하는 사람은
절대적으로 정직하다고 생각해?

내가 뜻밖이라고 생각하는 게 있거든.
자네는 우리 인간 모두가 그릇된 정신을
지녔다고 했지. 모든 인간들이 자네를 불쾌하게
만든다고 하면서 자네가 어떻게 그녀에게
마음을 빼앗겼는지 이해가 안 돼.
자네가 그런 선택을 했다는 사실이 나로서는
정말 이상해. 가식이라고는 없는 엘리앙트도
자네에게 호감을 가졌고 점잖은 아르지노에도
한없이 부드러운 눈빛으로 자네를 바라보았는데
자네는 그녀들의 애정을 받아들이지 않았어.
셀리멘은 그런 상황을 즐겼지.
교태를 부리고 다른 사람들을 헐뜯고
셀리멘이야말로 요즘 세상 사람들의 모습을
너무 잘 보여 주는 여자잖아.
시류를 따르는 인간들에게 그렇게나 치를 떨면서
어째서 셀리멘이 하는 짓은 그냥 두고 보는 거야?
너무 사랑하는 사람이 그런 짓을 하면
결함으로 안 보여? 아예 보지 못하는 건가?
아니면 보고도 눈감아 주는 거야?

알세스트 내가 아무리 어린 나이에 홀로된 미망인을
사랑한다고 해도 그 정도는 아니야.
사람들이 왜 그녀를 손가락질하는지

나도 알고 있어. 셀리멘이 나에게 뜨거운 마음을
보여 줄 때 그에 대해 가장 처음으로 비난하는
사람이 바로 나야. 그런데 정말 솔직하게
고백하자면, 셀리멘은 나의 마음을 어떻게
움직일 수 있는지 너무 잘 알아.
그녀는 나나 다른 사람들에게 비난을 받아도
결국은 그녀를 사랑하게 만들어. 셀리멘의 매력은
정말 대단해. 이 타락한 시대 속에서 그녀의
영혼은 나의 사랑을 통해 깨끗해질 수 있을 거야.

필랭트 자네가 한다면 제대로 하겠지. 그런데 셀리멘이
자네를 사랑한다고 믿어?

알세스트 그럼, 당연하지. 그런 확신도 없이 어떻게
셀리멘을 사랑할 수 있겠어?

필랭트 자네를 향한 그녀의 특별한 마음이 정말 잘
드러나고 있다면 어째서 다른 남자들 때문에
자꾸 골치 아픈 일이 생기는 거지?

알세스트 사랑의 감정 때문에 마음이 요동치면 그 사람을
혼자서 차지하고 싶잖아. 나도 마찬가지야.
내가 여기 온 이유도 그녀를 향한 나의 마음이
얼마나 뜨거운지 보여 주고 싶어서야.

필랭트 만약 내가 품은 욕망을 고백해야 한다면
그 상대는 당연히 엘리앙트가 될 거야.

	엘리앙트가 자네를 향해 확고하고 진지한 마음을 가지고 있어. 자네가 올바른 선택을 통해 연애 상대를 만나고 싶다면 그건 당연히 엘리앙트야.
알세스트	나도 알아. 이성이 나에게 매일 하는 말이기도 해. 하지만 사랑을 결정짓는 건 이성이 아니잖아.
필랭트	자네의 그런 사랑과 희망이 나는 너무 두려워. 혹시 어쩌면…….

/

2장

/

오롱트, 알세스트, 필랭트

오롱트 마침 도착하는 길에 엘리앙트와 셀리멘을 만났어요. 두 사람은 장보러 나가는 길이라고 하더군요. 선생께서 여기에 있다고 말해 주었어요. 선생과 깊은 이야기를 나누고 싶었습니다. 선생이 굉장한 분이라고 생각해 왔고 오래전부터 선생과 친구가 된다면 얼마나 좋을까 생각했죠. 그렇습니다, 저는 능력을 굉장히 중요하게 생각하는 사람입니다. 선생과 우정의 끈으로 단단히 묶이기를 간절히 바라고 있고요. 저처럼 사회적 지위가 있는 사람과 친구가 되는 걸 거부하지는 않으실 거라 확신합니다. 저의 진심이 선생께 잘 전달되었으면 좋겠습니다. (알세스트는 다른 생각에 너무 빠져 있느라,

	오롱트가 그에게 하는 말을 듣지 못하는 것 같다)
	선생, 듣고 계신가요?
알세스트	아, 지금 저에게 말씀하셨나요?
오롱트	네, 선생께 말씀드렸습니다. 혹시 제가
	언짢게 해 드린 건가요?
알세스트	그런 건 아니에요. 하지만 상당히 당황스럽네요.
	누군가에게 이런 찬사를 받을 거라고
	생각해 본 적이 없어서요.
오롱트	선생을 향한 제 존경심에 그렇게 놀라실 필요는
	없습니다. 온 세상으로부터 존경을 받으셔도
	되는 분이시니까요.
알세스트	오롱트 씨…….
오롱트	선생이 쌓은 공적은 정말 눈이 부십니다.
	이 나라 그 어디에서도 발견할 수 없는 것이에요.
알세스트	오롱트 씨…….
오롱트	네, 선생은 정말 바른 분이십니다.
	제가 그 누구보다도 가장 존경하는 분이시고요.
알세스트	오롱트 씨…….
오롱트	제 말이 거짓이라면 하늘이 무너질 겁니다.
	제 진심을 확인해 드리고 싶어서 그런데
	선생과 한번 안아 볼 수 있을까요?
	저를 친구로 받아들여 주신다면 정말

감사하겠습니다. 자, 악수부터 해 주시겠습니까?
저와 친구가 되어 주세요.

알세스트 오롱트 씨…….
오롱트 설마! 지금 거절하시는 건가요?
알세스트 오롱트 씨, 저와 친구가 되고 싶으시다니
몸 둘 바를 모르겠네요.
그런데 우정은 신비로운 면이 많은 것 같아요.
그래서 우정이라는 이름을 너무 쉽게 사용하면
진정한 참뜻을 퇴색시킬 수 있다고 생각해요.
우정으로 맺어지려면 납득할 수 있는 선택의
순간이 있어야 하죠. 우리가 친구가 되기 전에
먼저 서로를 잘 알아야 해요. 우리는 각자
수많은 기질을 가지고 있어요.
서로 너무 달라서 괜히 친구가 되었다고
후회할지도 몰라요.
오롱트 물론입니다. 정말 지혜로우십니다
말씀을 듣고 보니 선생이 더욱 존경스럽습니다.
우리 사이에 자연스럽게 우정이 자리할 때까지
기다려 보죠. 그러는 동안 저는 선생만
따르겠습니다. 혹시 궁정으로 나가 선생을 알리고
싶으시다면 말씀해 주십시오. 아시다시피 제가
전하께서 알아주시는 사람이거든요. 전하께서는

저를 가장 신임하신답니다. 저를 곁에 두시고
제 말에 항상 귀를 기울여 주시죠. 저는 이제
어떤 일이 있어도 선생의 사람입니다. 선생께서
저에게 마음을 열어 주시길 바라며
우리가 아름다운 우정의 끈으로 이어진 순간을
기념하며 제가 최근에 지은 소네트 한 편을
들려 드리겠습니다. 이 작품을 공개적으로
발표해도 될지 알고 싶거든요.

알세스트 오롱트 씨, 저는 그런 결정을 내리는 데
적합한 사람이 아니에요.
그런 부탁은 거두어 주시지요.

오롱트 왜 그러시는 거죠?

알세스트 저에게는 단점이 있어요.
지나치게 솔직하다는 거예요.

오롱트 제가 부탁드리는 이유가 바로 그겁니다.
저는 선생께 솔직하게 마음을 터놓았는데도
선생께서는 속마음을 감추거나 속이려 하신다면
저는 불평하겠죠.

알세스트 솔직하게 말해도 괜찮으시다니,
한번 들어 보겠습니다.

오롱트 소네트……, 이것은 소네트입니다.
희망……, 이것은 귀부인입니다.

그녀는 기대감을 갖게 함으로써 내 마음에
불을 지폈습니다.
희망……, 거창하게 요란한 시는 절대로 아니에요.
하지만 부드럽고 다정하며 슬픔이 느껴지는
소박한 시입니다.
(낭독하는 사이사이 알세스트를 쳐다본다)

알세스트 두고 보면 알게 되겠지요.

오롱트 희망……, 선생께 이 문체가 쉽고 선명하게
전달될지 잘 모르겠습니다. 제가 선택한 단어들이
마음에 드실지도 모르겠고요.

알세스트 한번 봅시다.

오롱트 그리고 곧 아시게 될 테지만 이 시를 완성하는 데
십오 분밖에 걸리지 않았습니다.

알세스트 그래요. 시간이 중요한 건 아니죠.

오롱트 "희망은 우리를 진정시켜 주며 잠시나마
권태로움을 달래 주네. 그러나 필리스를 향해서
단 한 걸음도 나아가지 못한 이 슬픈 영광은
어떻게 하면 좋을까!"

필랭트 저는 이 짧은 대목만으로도 벌써 감동에 젖네요.

알세스트 (속삭이듯 말한다) 뭐라고?
지금 감동했다는 거야? 자네 정말 뻔뻔하군!

오롱트 "당신은 호의를 베푸셨지만 그렇게까지

	배려해 주실 필요는 없었습니다.
	노력하실 필요도 없었고요.
	저에게 기대감만 심어 주시려던 게 아니라면요."
필랭트	아! 사랑의 단어들로 가득한 멋진 시군요!
알세스트	(계속 속삭인다) 빌어먹을!
	비굴한 싸구려 같으니라고.
	이런 장난질에 찬사를 보내고 싶어?
오롱트	"열정적으로 헌신하겠다는 생각으로 영원한
	기다림의 시간을 버티어 내려면 방법은
	죽음밖에 없소. 당신이 아무리 애써도
	나는 단념할 수 없소. 아름다운 필리스,
	나는 항상 기대하고 또 절망하고 말아요."
필랭트	감탄이 절로 나오는 아름답고
	사랑스러운 마무리예요.
알세스트	(속삭인다) 정말 끔찍해! 썩 꺼져, 이 골칫덩이야!
	이 시는 완전히 실패작이라고.
필랭트	이렇게 잘 다듬어진 시는 들어 본 적이 없어요.
알세스트	제기랄…….
오롱트	지금 저 기분 좋으라고 그렇게
	말씀하시는 거죠…….
필랭트	그럴 리가요, 아닙니다.
알세스트	(속삭인다) 자네 음흉하게 지금 뭐 하는 짓이야?

오롱트 그렇다면 선생께서는 조금 전 약속하셨으니까 솔직하게 말씀해 주실 수 있으시겠죠?

알세스트 오롱트 씨, 이렇게 누군가의 글을 평가한다는 건 언제나 참 어렵군요. 사람이 문학적인 재능을 발휘했을 때면 칭찬받고 싶기 마련이니까요. 지금은 이름을 밝힐 수는 없지만 언젠가 제가 누군가가 직접 쓴 시를 보고 이렇게 말해 준 적이 있어요. 점잖은 사람은 글을 쓰고 싶은 욕망에 몸이 근질거려도 절대적인 힘으로 자제할 줄 알아야 한다고 말이에요. 그리고 글을 쓰는 데 너무 빠지지 않도록 해야 한다는 것도요. 자신의 작품을 다른 사람들에게 보여 주고 싶어서 너무 안달이 나면 우스꽝스러운 사람으로 보일 거라고도 말했답니다.

오롱트 그러니까 지금 선생 말씀은 제가 쓴 시를 보여 드리려는 게 잘못됐다는 뜻인가요…….

알세스트 그런 뜻이 아니에요. 하지만 감동 없는 글은 질릴 수밖에 없고 약점이 되죠. 사람들이 헐뜯을 이유가 될 뿐이라고 말하고 싶었던 거예요. 수만 가지의 특별한 장점을 지녔다고 해도 사람들은 서투른 면 한 가지로 그를 평가하려고 하잖아요.

오롱트 선생께서는 제 소네트에 흠이 많다고
생각하십니까?

알세스트 그런 말을 하려는 게 아니에요. 우리가 살고 있는
이 시대에 글을 쓰고 싶은 갈증 때문에
정직한 사람들이 얼마나 망가졌는지 정확하게
말해 준 거예요. 글을 쓰지 말라고요.

오롱트 제 글이 형편없습니까? 제가 그런 사람들과
닮았다는 말씀이세요?

알세스트 제 말은 그런 뜻이 아니에요. 하지만 제가
그 사람에게 했던 말은 이거예요.
그렇게 절박하게 시를 쓴 이유는 무엇인가?
도대체 누가 책으로까지 출간하도록
밀어붙였는가? 이렇게 쓰레기 같은 책이
활개를 치도록 내버려 두는 건 불행하게도
생계 때문에 책을 써야 하는 자들이나 하는
일인 거죠. 나를 믿으세요, 글을 쓰고자 하는
당신의 욕망을 제발 뿌리치세요.
대중들에게 당신이 글을 쓴다는 사실을 숨기세요.
사람들이 아무리 당신에게 글을 쓰라고 채근해도
궁정에서 모두 당신을 정직한 사람이라고 한다는
사실을 잊으면 안 돼요. 탐욕스러운 인쇄업자의
손아귀에 끌려간다면 어리석고 비참한

	작가일 뿐이라는 이야기를 그 사람이

                  작가일 뿐이라는 이야기를 그 사람이
이해하기를 바랐던 것입니다.

오롱트 그래요, 설명은 충분한 것 같습니다.
무슨 뜻으로 말씀하셨는지 알겠습니다.
그런데 제 소네트에 대해서는
어떻게 생각하시는지 정말 알 수 없을까요…….

알세스트 솔직히 그냥 서랍에 넣어두는 게 나을 것 같아요.
소네트의 형식이 조악한 데다가 표현 역시 전혀
자연스럽지 않아요. "잠시나마 권태로움을
달래 주네. 그러나 필리스를 향해서 단 한 걸음도
나아가지 못한," 은 무얼 말하고 싶은 건지요.
"노력하실 필요도 없었고요. 저에게 기대감만
심어 주시려던 게 아니라면요." 는 또 뭔지…….
"아름다운 필리스, 나는 항상 기대하고 또
절망하고 말아요." 는 도대체 무슨 말인가요?
이렇게 의미 없는 비유적 문체는 눈에 띄는
특색이 있거나 진실성이 보일 때 나올 수 있어요.
하지만 이건 말장난일 뿐이고 억지스러운
가식에 불과해요. 자연스러움이라고는
찾아볼 수 없어요. 이렇게 형편없는 요즘 시대의
취향에 저는 두려워지기까지 해요. 우리 선조들은
세련되지 않아도 훨씬 훌륭했어요.

요즘 사람들이 찬사를 보내는 시 말고 선조들의
옛노래 한 편을 들려 드려야 할 것 같군요.
"국왕께서 저에게
거대한 도시 파리를 주시면서
제 사랑하는 여인을 떠나야 한다고
명을 내리신다면
저는 앙리 국왕께 말씀드릴 거예요.
'전하의 파리를 다시 돌려드릴게요.
저는 제 사랑하는 여인이 더 좋거든요.
저는 제 사랑하는 여인이 더 좋거든요.'"
각운도 완전하지 않고 문체도 세련되지 않았어요.
하지만 웅얼거리느라 무슨 소리인지 알지도 못할
하찮은 시들보다 이 시가 훨씬 더 낫다는
생각이 들지 않나요? 이 시가 말하는 사랑의
열정이 정말 순수하지 않나요?
"국왕께서 저에게
거대한 도시 파리를 주시면서
제 사랑하는 여인을 떠나야 한다고
명을 내리신다면
저는 앙리 국왕께 말씀드릴 거예요.
'전하의 파리를 다시 돌려드릴게요.
저는 제 사랑하는 여인이 더 좋거든요.

저는 제 사랑하는 여인이 더 좋거든요.'"
바로 이런 게 진정으로 사랑에 빠진
사람의 마음이죠.
(필랭트에게 말한다)
맞아, 항상 웃는 얼굴의 자네는 문학적 소양이
훌륭하지. 하지만 나는 모두가 환호하는 요란하고
화려한 고상한 시들보다 우리 선조의 시가 더
훌륭하다고 생각해.

오롱트 그런데 저는 제 작품이 아주 훌륭하다고
생각합니다.

알세스트 그렇게 생각하시는 데에는 합당한 이유가
있겠지요. 그런데 저에게도 분명한 이유가
있을 거라는 것도 이해해 주시죠.
상대의 의견을 무조건 따를 필요는 없으니까요.

오롱트 다른 사람들이 제 작품을 존중해 준다면
저도 그럴 수 있습니다.

알세스트 다른 사람들은 속마음을 감출 줄 알거든요.
저는 그러지 못해서요.

오롱트 선생은 문학적 재능을 천부적으로
타고나셨다고 생각하십니까?

알세스트 제가 그쪽 작품에 찬사를 보낸다면,
저에게 재능이 있다고 생각하실 수도 있겠네요.

오롱트 선생의 칭찬은 필요 없습니다.
알세스트 제가 칭찬할 거라는 기대는 하지 말아 주세요.
오롱트 선생께서는 같은 주제로 시를 쓰신다면
어떤 방식으로 쓰실지 보고 싶습니다.
알세스트 안타깝지만 저 역시 형편없는 시를 쓰겠죠.
하지만 저는 다른 사람들에게 보여 주지는
않을 겁니다.
오롱트 너무 거침이 없으시네요.
이렇게 자만에 빠진 분일 줄은…….
알세스트 칭찬을 받고 싶으시다면, 저 말고 다른 분을
찾아가세요.
오롱트 참 안타깝네요. 너무 거만하십니다.
알세스트 맙소사, 저는 위대하신 오롱트 님을
아주 정확하게 본 것 같은데요.
필랭트 (두 사람 사이에 선다)
아이고, 두 분 다 너무하시네요.
제발 그만 좀 하세요.
오롱트 세상에, 제가 사람을 잘못 본 것 같군요.
그만 가 봐야겠습니다.
이만 먼저 실례하겠습니다.
알세스트 어이쿠, 비천한 제가 큰 실례를 했죠.

/

3장

/

필랭트, 알세스트

필랭트	이럴 줄 알았다니까. 봤지? 솔직하게 행동하다가 성가신 일만 떠안게 되었잖아. 오롱트 씨는 그저 칭찬을 받고 싶었던 거야…….
알세스트	아무 말도 듣고 싶지 않아.
필랭트	하지만…….
알세스트	사람들과 어울릴 일 없을 거야.
필랭트	그렇게까지 할 필요는 없잖아.
알세스트	그만해.
필랭트	내가…….
알세스트	아무 말도 하지 마.
필랭트	아니 왜…….
알세스트	나는 아무 소리도 안 들려.
필랭트	하지만…….

알세스트 아직도 말하고 있는 거야?

필랭트 자네는 사람을 모욕했어…….

알세스트 아, 정말 미치겠군! 자네야말로 너무하는군. 이제 따라오지 마.

필랭트 자네가 아무리 빈정거려도 나는 자네를 떠나지 않을 거야.

제2막

/
1장
/
알세스트, 셀리맨

알세스트 부인, 솔직하게 말해도 될까요? 저는 부인이 행동하는 방식이 정말 마음에 안 들어요. 가만히 지켜보고 있자니 분통이 터지네요. 부인과 헤어져야겠다는 생각이 들 정도예요. 아니, 결과적으로 거짓말일 수도 있겠군요. 우리는 곧 진짜로 헤어지게 될 테니까요. 이 말이 거짓이 아니라면, 부인에게 우리는 헤어지지 않을 거라고 수백 번이라도 약속해 드릴 수 있을 거예요.

셀리멘 그러고 보니까, 저를 책망하시려고 저를 집에 다시 데려다주신 거군요?

알세스트 비난하려는 게 아니에요. 다만 부인이 사람을 가리지 않고 마음을 너무 쉽게 열어 보인다는 거죠. 부인 주위에는 끊임없이 남자들이 들끓어요. 저는 이런 상황에 도저히 적응할 수가 없군요.

셀리멘 남자들이 자진해서 찾아오는 것도 제 잘못인가요? 사람들이 저를 사랑스러워하는 걸 제가 어떻게 막죠? 저를 만나고 싶어서 그렇게 애쓰는데 작대기라도 들고 저에게 다가오지도 못하게 내쫓아야 하나요?

알세스트 그런 말이 아니에요, 부인. 작대기를 들라는 게 아닙니다. 그들이 마음을 표현해도 마음을 너무 활짝 열고 다정하게 대하면 안 된다는 겁니다. 저도 잘 압니다. 부인의 매력은 없애려고 해도 사라질 리가 없다는걸요. 하지만 부인이 마음을 너무 쉽게 열어 버리면 그들은 부인의 매력에 사로잡힌 나머지 버티려고 힘 한 번 제대로 써 보지도 못한 채 순식간에 무너져 버리고 마는 거예요. 부인의 모습 때문에 그들은 너무 큰 희망을 갖게 되고 부인의 주변에서 계속 맴돌며 떠날 줄 모르는 거라고요. 부인이 조금만 덜 친절하게 그들을 대하고 피곤한 척 한숨이라도 내쉬면 그런 무리는 떠나기 마련일걸요. 그런데 클리탕드르라는 작자는 도대체 무슨 재주로 부인의 마음에 들게 된 거죠?
말해 주세요. 그자가 얼마나 잘났고
얼마나 덕을 쌓아올렸길래 부인의 후한 평가를
받는 영광을 누리나요? 새끼손가락 손톱을
길게 기른 모습이 부인 눈에는
그렇게 멋져 보이셨나요? 아주 훌륭하신
사교계 사람들이 좋아하는 것처럼 부인도 그자가
쓴 금빛 가발이 눈에 들어오던가요? 아니면 바지
끝에 달린 레이스와 리본 장식이 마음에
들던가요? 리본으로 잔뜩 치장한 모습이 매력적
이던가요? 그자가 입은 헐거운 랭그로브가
멋있어서 부인의 노예가 되겠다고 들이대는
그자에게 마음을 뺏겼나요? 그것도 아니면 혹시
그자의 웃는 모습이나 높은 톤의 목소리가
부인의 마음을 일렁이게 해서 보석이라도 찾게
해 주던가요?

셀리멘   그 사람을 시기하시다니요, 말도 안 돼요!
제가 그 사람을 왜 그렇게 조심스러워하는지
정말 모르세요? 제가 치르는 중인 재판에
그 사람은 자기 친구들을 참여시킬 수 있거든요.
그가 약속했어요.

알세스트   부인, 차라리 마음을 단단히 먹고 재판에서

패소하세요. 그자를 그렇게 배려하지 말고요.
그건 저를 모욕하는 겁니다.

셀리멘 당신은 온 세상 사람들을 질투해야
직성이 풀리시죠.

알세스트 그거야 부인이 온 세상 사람들에게
마음을 활짝 열고 있으니까 그렇죠.

셀리멘 지레 겁먹지 말고 마음을 내려놓으세요.
제가 모두에게 친절하게 대하는 게
다행일 텐데요. 제가 딱 한 사람에게만
다정한 모습을 보인다면 그게 오히려 더 당신을
모욕하게 되는 거잖아요.

알세스트 지금 제가 지나치게 질투한다고 뭐라고 하시는데
제가 다른 사람들보다 좋을 게 뭔지 도대체 뭔지
모르겠거든요?

셀리멘 제가 사랑하는 걸 아시잖아요. 그게 행복이죠.

알세스트 내 마음을 이렇게 요동치게 만들어놓고,
그걸 어떻게 믿으라는 거죠?

셀리멘 지금 이렇게 제 마음을 전하고 있잖아요.
그걸로 충분하지 않나요?

알세스트 부인이 그자에게도 그런 식으로 고백하지
않았다는 걸 어떻게 장담해 줄 건데요?

셀리멘 물론 단 한 명의 연인을 위한 사랑의 고백이

　　　　　　달콤하겠죠. 그런데 지금 저를 얼굴만 믿고
　　　　　　까부는 사람처럼 취급하시네요.
　　　　　　좋아요, 당신의 근심을 덜어 드리죠.
　　　　　　지금까지 제가 했던 말들을 모두 취소하겠어요.
　　　　　　당신 자신 말고는 당신을 속일 사람은
　　　　　　아무도 없을 거예요. 이제 만족하시겠죠.
알세스트　빌어먹을! 이런데도 당신을 사랑해야
　　　　　　할 수밖에 없다니! 아! 당신에게 이미
　　　　　　넘어가 버린 제 마음을 되찾을 수만 있다면
　　　　　　너무 행복해서 하늘에 감사 찬양을
　　　　　　올려 드릴 거예요! 굳이 감추지 않겠어요.
　　　　　　저는 지금 이 지긋지긋한 사랑에서 벗어나려고
　　　　　　최선을 다해 노력하고 있어요. 하지만
　　　　　　지금까지는 갖은 애를 써 보아도 아무런
　　　　　　소용이 없었죠. 아무래도 저의 죄 때문에
　　　　　　이렇게 당신을 사랑하나 봅니다.
셀리멘　　인정해요. 저를 향한 당신의 사랑은 최고예요.
알세스트　맞아요. 제 사랑은 그 무엇과도 비교할 수 없이
　　　　　　뛰어나죠. 그 크기를 측량할 수 없는 정도로
　　　　　　크고요. 부인, 아무도 저만큼 부인을
　　　　　　사랑할 수 없어요.
셀리멘　　솔직히 당신처럼 사랑하는 사람은 처음 봐요.

당신에게 사랑은 상대를 비난하는 거니까요.
사람을 질리게 하는 말씀만 하고,
열정을 지나치게 표출하려고만 하죠.

알세스트 그런 슬픈 상황에서 벗어날 수 있는 건
부인에게 달린 일이에요. 우리 제발 이제 그만
다투고 마음을 열고 이야기해 보아요.
우리가 무슨 선택을 할 수 있을지······.

2장

셀리맨, 알세스트, 바스크

셀리멘 무슨 일이지?
바스크 아카스트 후작께서 오셨습니다.
셀리멘 아, 그래? 올라오시게 해.
알세스트 뭐라고요! 우리는 왜 둘이서만
이야기를 나누지 못하는 거죠?
부인은 언제나 사람들을 맞이할 준비를
해 놓으시는군요! 단 한 번이라도 집에 없다고
말해 보시지 그러세요.
그게 그렇게 아쉬운 일이에요?
셀리멘 제가 아카스트 후작과 무슨 일이라도
생겼으면 좋으시겠어요?
알세스트 부인께서 다른 사람들을 지나치게 배려하는
모습이 마냥 좋아 보이지는 않아요.

셀리멘 제가 후작의 방문을 귀찮아했다는 걸 알면
그 사람은 절대로 저를 용서하지 않을 거예요.

알세스트 뭐가 무서워서 이렇게까지 걱정하시는지······.

셀리멘 세상에나!
그런 분들에게는 친절하게 대해야 해요.
그들은······ 저도 확실히는 모르지만
궁정에서 목소리를 높일 수 있는 사람들이잖아요.
모든 모임에 모습을 드러낼 수 있죠.
도움이 되지 않을 수는 있어도 굳이
불이익을 받을 필요는 없잖아요.
도움은 다른 사람들에게도 받을 수 있지만
목소리를 높이는 사람들과 사이가 틀어지면
문제가 생겨요.

알세스트 결국, 어찌 됐든, 어떤 이유를 대서라도
모든 남자들에게 마음을 열겠다는 거군요.
재판의 예방 조치로라도······.

/
3장
/

바스크, 셀리맨, 알세스트

바스크 클리탕드르 후작께서도 오셨습니다.

알세스트 (나가려는 모습을 보인다)
어쩌면 이렇게 딱 맞춰 오는지.

셀리멘 어디 가시나요?

알세스트 저는 이만 가 볼게요.

셀리멘 가지 말고 그냥 계세요.

알세스트 왜 그래야 하죠?

셀리멘 가지 마세요.

알세스트 가야겠습니다.

셀리멘 안 가셨으면 좋겠어요.

알세스트 부인께서 원하셔도 소용없습니다.
저는 이제 이런 대화가 지긋지긋하네요.
참는 데도 한계가 있는데, 도를 넘은 것 같아요.

셀리멘   계셔 주셨으면 좋겠어요, 정말이에요.
알세스트   아니요, 안 되겠습니다.
셀리멘   안타깝네요. 가세요, 그럼. 떠나세요. 마음대로 하세요.

/

4장

/

엘리앙트, 필랭트, 아카스트, 클리탕드르,
알세스트, 셀리멘, 바스크

엘리앙트	후작 두 분께서 우리와 함께 오셨어요.
	소식 들으셨어요?
셀리멘	들었어, 두 분을 위해 의자를 준비해 두자.
	(알세스트를 바라보며 말한다)
	아직 안 가셨어요?
알세스트	아직 안 갔습니다. 그런데 부인, 말해 주세요.
	부인의 마음이 그들과 저 중 어디를 향해 있는지
	말이에요.
셀리멘	조용히 좀 하세요.
알세스트	오늘은 부인의 생각을 말해 주셔야 합니다.
셀리멘	정신을 차리셔야 할 것 같네요.
알세스트	저는 그 어느 때보다 정신이 또렷해요.
	생각을 말씀해 주세요.

셀리멘   정말 그만하세요!

알세스트   그들인지 저인지 정하세요.

셀리멘   지금 저를 놀리려고 그러시는 거죠?

알세스트   그럴 리가요. 하지만 말씀해 주세요.
너무 기다리게 하지 마시고요.

클리탕드르   이렇게 안타까운 일이 다 있나! 루브르 궁에서 오는 길인데 클레옹트가 국왕의 기침 의례에서 완전히 웃음거리가 되었답니다. 그는 어째서 행동거지를 조심하라고 따뜻한 마음으로 조언해 줄 친구 한 명이 없죠?

셀리멘   그 사람이 사교계에서 대단한 비웃음거리인 건 이미 잘 알려져 있어요. 그의 행동은 어디서나 유독 눈에 띄더라고요. 잠시 안 보인다 싶다가도 다시 나타나면 역시나 기괴한 모습을 보이죠.

아카스트   정말 그렇더라고요. 괴상한 사람들 이야기가 나와서 말인데 조금 전에 유난히 피곤한 사람 한 명에게 시달리고 오는 길이었답니다. 괜한 말을 꺼내나 싶기는 하지만, 따지는 걸 좋아하는 다몽이라는 사람 때문에 해가 이렇게 내리쬐는데 한 시간 동안이나 붙들려 있었다니까요.

셀리멘   다몽 그 사람 말하는 방식이 정말 이상한 수다쟁이에요. 항상 대단한 것을

	말하는 것 같은데 막상 듣고 보면 아무것도 아니에요. 어쩌면 그렇게 의미 없는 말들만 내뱉는지 그저 소음으로밖에 들리지 않아요.
엘리앙트	(필랭트에게) 시작부터 대단한데요. 앞으로도 여러 명이 제대로 씹히겠어요.
클리탕드르	부인, 티탕트도 있잖아요. 참 재밌는 사람이에요!
셀리멘	그 사람은 머리부터 발끝까지 당최 알 수가 없어요. 지나가면서 정신 나간 눈빛을 하고는 쳐다봐요. 하는 일도 없으면서 항상 바쁜 척하죠. 오만상을 찡그리고는 얼마나 시끄럽게 지껄여 대는지 사람을 아주 질리게 만들더라니까요. 다른 사람이 이야기하는데도 끼어들어서는 목소리를 낮추고 대단한 비밀이라도 말할 것처럼 하는데 정작 들어보면 아무것도 아니고요. 하찮은 것을 아주 대단한 양 떠들더라고요. 안녕하냐고 인사할 때도 어찌나 귀에 바짝 들이대고 말하는지 몰라요.
아카스트	제랄드는 어때요, 부인?
셀리멘	아, 정말 지루하기 짝이 없는 사람이죠! 입만 열면 늘 명문가 귀족들 이야기예요. 대단한 사람들과 끊임없이 만나고 어울리니까요.

공작, 왕자 혹은 공주 아니면 말도 안 꺼내죠.
신분을 어찌나 중요하게 생각하는지
모른다니까요. 말, 사냥의 일행들, 사냥개 말고는
할 이야기도 없나 보더라고요. 게다가 지위가
높은 분들과 대화할 때 말을 놓는 거 있죠.
이름 뒤에 '씨'를 붙이지도 않고요.

클리탕드르 사람들 말로는 벨리즈와 아주 가까운
사이라더군요.

셀리멘 벨리즈, 그 멍청한 여자!
지루하기 짝이 없는 대화! 그 여자가 저를
찾아올 때면 정말이지 죽을 만큼 고통스러워요.
표현력이 어찌나 떨어지는지 같이 이야기를
나누다가도 그녀 때문에 대화가 갑자기
뚝 끊긴답니다. 그 정적이 너무 불편해서
온갖 상투적인 말을 꺼내 분위기를
띄워 보려고 해 보지만 아무 소용 없어요.
날씨가 좋네, 비가 오네, 춥네, 덥네,
그런 말들도 한계가 있잖아요.
소재는 금세 고갈되고 말아요.
심지어 한 번 오면 갈 생각을 안 해요.
한동안 끔찍한 시간을 보내야 하죠.
그래서 몇 시인지 묻고, 하품도 스무 번은

	하는 것 같아요. 그런데도 그 여자는 나무토막처럼 움직일 생각을 안 해요.
아카스트	아드라스트는 어떻게 생각하세요?
셀리멘	아! 끔찍하게 거만한 사람이에요! 자기애로 똘똘 뭉쳐 있는 남자죠. 궁정에서 자기의 능력을 알아주지 않는다고 매일매일 하는 일이라고는 궁정에 대해서 저주를 퍼붓는 게 다예요. 그가 생각하기에 공정하지 않은 사람들에게만 직무나 책무, 특권이 주어지고 있다고 떠들어 대거든요.
클리탕드르	젊은 클레옹에 대해서는 어떻게 생각하세요? 요즘 주위에 많은 사교계 분들이 그 사람을 만나러 가던데요.
셀리멘	그건 그 사람 요리사 덕분에 그런 거죠. 그 사람 집 식탁에서 식사하려고 가는 거잖아요.
엘리앙트	정말 맛있는 음식들을 대접하려고 엄청 신경 쓴대요.
셀리멘	맞아요. 그런데 그 사람은 식사 자리에 나오지 않았으면 좋겠어요. 그는 너무 심술궂은 음식 같거든요. 그 바보 같은 사람 때문에 식탁 위 음식들이 죄다 변질된 것 같아서 제 입맛까지 이상해져요.

필랭트 클레옹의 백부 다미스는 사람들의 평이
좋더라고요. 부인께서는 어떻게 생각하세요?
셀리멘 그분도 제 친구라고 할 수 있죠.
필랭트 정직하고 아주 지혜로운 사람 같더군요.
셀리멘 맞아요. 그런데 괴로운 게 있어요.
그가 너무 재치 있어 보이려고 한다는 거예요.
그래서 그는 항상 자연스럽지 못해요.
말할 때도 잘 보면 괜히 그럴듯한 단어를
사용하려고 애쓰는 게 보이거든요.
자기가 똑똑하다는 생각에 사로잡힌 후부터는
오히려 입맛에 맞는 표현을 찾기가
더 힘들어졌어요. 그만큼 까다로워진 거예요.
사람들이 쓴 글을 보면서는 결점을 찾으려고
해요. 자기처럼 재능이 있는 사람이 할 일은
칭찬이 아니라 흠을 잡아내는 거라고요.
찬사를 보내고 웃는 건 멍청한 사람들이나 하는
짓이라고요. 요즘 출간되는 서적들에 대해서
아무것도 인정하지 않아야 그가 다른 사람들보다
뛰어나다고 생각한답니다. 게다가 대화할
때조차도 나무랄 점을 찾으려고 해요. 자기가
참여하기에는 대화의 수준이 너무 낮다고
생각하거든요. 팔짱은 낀 오만한 태도로

	사람들이 말할 때마다 불쌍하다는 듯
	내려다볼 뿐이에요.
아카스트	참나, 사람이 어떻게 그러죠!
	생긴 대로 노네요, 정말.
클리탕드르	덕분에 그 사람의 모습이 훤히 보이네요.
	감탄이 절로 나옵니다!
알세스트	자자, 뛰어나신 궁정의 벗들이여, 더 힘을 내세요!
	한 명도 빼놓지 말고 전부 비난해 보시라고요.
	그런데 이렇게 흉보다가도 그들이 당장
	눈앞에 나타나면 급하게 달려나가서
	반갑게 악수를 청하겠죠.
	혹은 입맞춤을 하면서 충신이 되어
	그에게 복종하겠다고 맹세하느라 바쁘시겠죠.
클리탕드르	왜 우리에게 뭐라고 하십니까?
	우리 이야기에 기분이 상하신다면 우리가 아니라
	셀리멘 부인에게 뭐라고 하셔야죠.
알세스트	빌어먹을, 아니죠! 당신들 잘못이에요.
	당신들이 친절하게 미소를 지어 주니까
	셀리멘 부인의 머릿속에서 남을 헐뜯는
	별의별 말들이 계속 튀어나오는 거예요.
	당신들이 말도 안 되는 칭찬을 하니까
	부인께서 끊임없이 사람들을 비꼬는 거고요.

그게 박수갈채를 받을 일이 아니라는 걸
알았다면 부인이 남들을 빈정거리는 데
재미를 붙이지는 않았겠죠.
지금처럼 인간 사회 여기저기에 악덕이 만연해
있는 건 당신들처럼 곁에서 잘한다고 추켜세우는
사람들 때문이에요.

필랭트 그런데 자네는 그 사람들에게 왜 그렇게 관심이
많은 거야? 자네 역시 그들을 비난하고 있잖아?

셀리멘 이분이 반론을 제기하는 게 하루이틀 일인가요?
다른 사람들과 똑같은 목소리를 낼 줄 아셨어요?
원래 어디서나 반발심이 치솟는 분인데
여기라고 다를 이유가 없지 않겠어요?
타인의 감정은 알세스트 씨의 마음에 들 수가
없어요, 절대로. 반대 의견을 내는 게 자신의
역할이라고 생각하시거든요.
누군가와 생각이 같다는 건 평범해서 그렇다고
생각하실 테니까요. 알세스트 씨에게 반론 제기는
대단한 명예랍니다. 그래서 수시로 자기 자신을
향해서도 그 무기를 들이대시죠.
설령 알세스트 씨가 정말로 다른 사람처럼
생각했다 해도 그 누군가의 입을 통해
나오는 순간, 곧바로 반박의 대상이 됩니다.

알세스트	부인, 이곳에는 부인을 위해 웃는 사람들 뿐이잖아요. 그러니 제가 무슨 다른 말을 하겠어요? 부인은 저에 대해서도 빈정거리시면 됩니다.
필랭트	그런데 자네가 사람들이 말하는 것마다 죄다 발끈하며 반론을 제기하는 건 사실이잖아. 알세스트 이 사람 스스로도 털어놓았답니다. 사람들의 비난도 찬사도 그냥 두고보려면 너무 괴로워서 용납할 수 없다고요.
알세스트	제기랄, 그건 인간들이 절대로 올바를 수 없으니까요. 인간들을 상대할 때는 괴로운 마음을 가져야 해요. 제 생각에 인간들은 모든 일에 대해 어리석은 찬사를 보내거나 경솔하게 비난을 한답니다.
셀리멘	하지만……
알세스트	아니요, 부인, 아니에요. 제가 죽을 만큼 괴로운데도 부인께서는 즐기고 계시잖아요. 당신의 즐거움이 나를 고통스럽게 하는데도요. 부인은 다른 사람들에게 타인의 흠을 찾아 헤매도록 은근히 유도하고 있어요.
클리탕드르	글쎄요, 저는 잘 모르겠습니다. 하지만 분명하게 말씀 드릴 수 있는 건 저는

|||지금까지 부인을 결점이 없는 분으로
생각해 왔다는 겁니다.

아카스트 제 생각도 부인께서는 너무 우아하고
매혹적이세요. 결점이라고는 두 눈을 씻고 봐도
찾을 수 없어요.

알세스트 제 눈에는 훤히 잘 보이는걸요.
부인도 그걸 숨길 생각이 없어 보이고요.
부인은 내가 그런 결점들을 비난할 거라는 걸
잘 알고 있어요. 누군가를 사랑할수록
그 사람을 향해 아첨하는 건 자제해야 해요.
아무것도 용서하지 않을 때, 완전한 사랑을
이룰 수 있습니다. 나는 내가 어떻게 느끼는지에
따라 움직일 거예요. 무엇에든지 생각 없이
그저 환심을 사려고 칭찬만 해 대는 저들은
괴상망측한 언동에도 찬사를 쏟아부을 거예요.
나 같으면 비굴하게 장황한 말만 떠들어 대는
아첨꾼들을 모두 몰아내겠어요.

셀리멘 결국 당신의 말씀을 따르자면 누군가를
제대로 사랑할 때는 감미로움 따위는
포기해야겠군요. 사랑을 완성하기 위해
사랑하는 사람에게 모욕을 주는 것을
최고의 명예로 여겨야 하겠고요.

엘리앙트 사랑에는 그런 법칙들이 적용되지 않아요.
그래서 연인들은 늘 그들의 선택을
과시하기 마련이죠. 사랑의 열정 때문에
연인은 그저 전혀 나무랄 데 없고
사랑스럽게만 보이는 존재예요.
단점을 장점으로 여기게 되고 오히려
그 단점에 긍정적인 이름으로 붙여 준답니다.
창백한 여자는 새하얀 재스민에 비유하거나
무서울 정도로 새까만 여자는 사랑스러운
갈색 피부를 가졌다고 하고 마른 여자는
날씬하고 유연해 보인다고 하죠.
뚱뚱하면 넉넉한 자태에서 위엄이 느껴진다고
하고 자기 몸을 잘 꾸밀 줄 몰라서 매력이
떨어지면 그저 멋 부리는 데 관심이
없을 뿐이라고 하고요. 키가 너무 크면
기품 있는 여신처럼 보인다고 하고
키가 너무 작으면 경이로운 하늘의
축소판이라고 하고 잘난 척하는 여자는
왕관을 쓸 만한 자격이 있다 하고
위선적인 여자는 재치 있고,
어리석지만 심성이 착하며 너무 말이 많으면
유쾌한 성격이고 또 말이 너무 없으면

	신중하고 정직하다고 해요. 이렇게 연인을 향한 애정이 지나친 사람은 사랑하는 사람의 결점까지 사랑하게 된답니다.
알세스트	저는, 그러니까 제 생각에는…….
셀리멘	이 이야기는 이쯤에서 그만하죠. 회랑에 나가서 산책이나 하시죠. 아니, 두 분은 가시려고요?
클리탕드르 아카스트	아니에요, 부인.
알세스트	저들이 떠날까 봐 무척이나 두려우신가 보네요. 후작님들, 가고 싶으실 때 가시면 됩니다. 그런데 주의를 드리자면 저는 여러분들이 가시고 나서야 이곳을 떠날 거예요.
아카스트	저는 하루종일 다른 일이 없습니다. 부인께 누가 되지 않았으면 좋겠군요.
클리탕드르	저는 저녁에 전하께서 침소에 드시기 전에 찾아뵈어야 하는 것 말고는 다른 할 일은 전혀 없습니다.
셀리멘	다들 농담하시는 거죠?
알세스트	절대로 그럴 리가 없죠. 부인이 이곳을 떠나야 할 사람이 나라고 생각할지는 곧 알게 되겠죠.

/
5장
/

바스크, 알세스트, 셀리멘, 엘리앙트,
아카스트, 필랭트, 클리탕드르

바스크 나리, 누가 찾아왔습니다.
드릴 말씀이 있다고 하는데요.
급한 일이라고 합니다.
알세스트 나는 급할 게 전혀 없다고 전하거라.
바스크 금장식이 있고 옷자락에 주름이 잡힌
법원 관리 복장을 한 분이셨습니다.
셀리멘 무슨 일인지 가 보세요.
아니면, 들어오라고 하시든지요.
알세스트 도대체 무슨 일이십니까? 들어오세요.

/
6장
/

법원 관리인, 알세스트, 셀리멘, 엘리앙트,

아카스트, 필랭트, 클리탕드르

법원 관리인	나리, 드릴 말씀이 좀 있습니다.
알세스트	무슨 말씀이신지, 큰 소리로 말씀해 주세요.
법원 관리인	귀족 법원 판사님들께 명을 받았습니다.
	나리, 지체 말고 소환에 따르시랍니다.
알세스트	누구를요? 저 말씀이십니까?
법원 관리인	네, 나리 맞습니다.
알세스트	도대체 무슨 일로요?
필랭트	혹시 얼마 전에 오롱트와 있었던
	황당한 일 때문에 그러는 거 아니야?
셀리멘	무슨 일이요?
필랭트	오롱트 그자와 이 친구가 오늘 오후에
	실랑이를 좀 했거든요.
	오롱트가 쓴 짧은 시를 알세스트가 듣고는

	칭찬해 주지 않았거든요.
	그 일을 뿌리째 수습하고 싶은가 보네요.
알세스트	나는 절대로 비굴하게 가식 떨지 않을 거야.
필랭트	하지만 명은 따라야지.
	자, 마음의 준비 단단히 해…….
알세스트	이 일에 무슨 타협안이 있다는 거지?
	논쟁의 불씨였던 그 시를 다시 좋다고
	말하라는 건가?
	판사들이 나에게 그런 판결을 내릴까?
	나는 내가 했던 말을 절대로 번복하지 않을 거야.
	지금 생각해도 오롱트의 시는 정말 엉망이거든.
필랭트	그래도 마음을 조금 더 너그럽게 써 봐…….
알세스트	내 생각은 하나도 변하지 않을 거야.
	그의 시는 수준 이하야.
필랭트	너무 날을 세우지 말고 상황을 봐야지.
	자, 어서 가 봐.
알세스트	갈 거야. 그런데 나는 무슨 일이 있어도
	말을 바꾸지 않을 거야.
필랭트	그래, 법원에 가서 잘 해결해 봐.
알세스트	국왕께서 특별히 상황을 이렇게 만든
	오롱트의 시에 찬사를 보내라고 명을 내리시는
	경우가 아니고서는 나의 생각은 변하지 않을 거야.

시를 그 따위로 써 놓은 자는
교수형에 처해 마땅하다는 생각도 그대로야.
(웃고 있는 클리탕드르와 아카스트를 향해)
젠장, 이 사람들이 정말!
나는 그렇게 우스운 사람이 아니라고요!

셀리멘 어서 법원으로 가셔야죠!
알세스트 가 보겠습니다, 부인.
우리가 하던 이야기는 다시 돌아와서
계속하도록 하죠.

제3막

1장

클리탕드르, 아카스트

클리탕드르 아카스트 후작, 자네 지금 상당히 흡족한가 보군.
마냥 즐겁고, 거슬리는 게 아무것도 없어 보여.
도대체 무엇에 그리도 사로잡혀서
즐거워하는 건가?

아카스트 즐겁지 않을 이유는 또 뭔가?
아무리 생각해 보아도 내가 슬퍼야 할
까닭이 없어. 재산 많아, 젊어, 게다가 귀족 가문
출신이라고 떳떳하게 밝힐 수 있잖아.
높은 지위가 우리 집안 대대로 내려오고 있으니
내가 하고 싶은 일이 생겼을 때
그걸 못하게 된다면 그게 더 이상할걸.
언제나 중요하게 여겨야 하는 용기만 해도 그래.
자랑하는 건 아니지만, 나는 매우 용기 있는

사람이지. 사교계 사람들은 내가 어떤 분쟁에
휘말리더라도 거침없고 힘있게 밀어붙이는
모습을 보았어. 그리고 나는 재치도 있고
취향도 훌륭해. 일부러 배우지 않고도 모든 걸
이성적으로 판단할 수 있어.
내가 연극을 정말 좋아하는데 새로운 작품이
공연되면 극장의 특별 좌석에 앉아서 관람하지.
연극에 조예가 깊은 사람은 그래야 하거든.
언제 탄성을 지를지, 언제 환호를 보내야 할지
나는 그 모든 순간을 전부 결정할 수 있어.
뭐든 능숙하고 표정도 좋고, 외모도 멋져.
특히 치아가 좋고 몸매도 최고야.
잘난 척하는 건 아니지만, 나는 옷도 잘 입지.
나에게 옷 문제로 시비 걸 사람은 없을 거야.
주변 사람들에게 들을 수 있는 좋은 소리는
다 듣고 있고 아름다운 여성들에게는 물론,
특별히 전하의 사랑을 듬뿍 받고 있어.
클리탕드르 후작, 이러니 내가 그 어디에서든
나 자신에게 만족할 수밖에 없지 않겠나?

클리탕드르   그렇겠군. 그런데 다른 곳에서는 그렇게 쉽게
사랑을 얻으면서 왜 여기에서는 쓸데없이
한숨만 쉬고 있는 거야?

| 아카스트 | 내가? 도대체 무슨 소리야?
나 같은 몸매에, 성격에 아름다운 여인이
외면할 리가 있어? 차갑게 대하는 여인들에게
끊임없이 뜨거운 애정을 들이붓는 건 못생기고,
잘난 것도 없는 상스러운 사람들이나
하는 짓이지. 그들은 여인들의 발아래에서
애를 태우고 고통스러워하면서 냉대를 견뎌.
한숨이 끊이지 않으면서도 눈물을 흘리며 매달려.
능력이 없으니 거부당하는데도 지칠 줄도 모르고
정성을 쏟으며 따라가기도 해.
그런데 클리탕드르 후작, 나 같은 사람은 말이야.
사랑을 주지도 않는데 모든 걸 다 바쳐
사랑하지는 않아. 아주 드물게 너무 아름다운
여인들도 있지만 나 역시도 그런 여인들만큼
뛰어난 외모를 지녔거든. 나 같은 사람의
사랑을 얻는 영광을 누리기 위해서 아무런 값을
치르지 않는다면 말도 안 되는 일이지.
상대와 내가 적절한 균형을 맞추려면
최소한 두 사람이 함께 노력해야 하는 거야. |
| --- | --- |
| 클리탕드르 | 그러니까 자네는 이곳에서도 아주 잘 되어 가고 있다고 생각하는 거야? |
| 아카스트 | 나라면 그렇게 생각할 만해. |

클리탕드르	그 말도 안 되는 착각에서 제발 벗어나. 내 말 좀 들어. 자네는 지나치게 자신하고 있어. 자신을 제대로 보지 못해.
아카스트	그래, 나는 나를 자신하니까 눈이 멀어 버렸어. 사실이 그래.
클리탕드르	정말 무슨 자신감으로 자네가 완벽한 행복을 누리고 있다고 생각하는 거야?
아카스트	나 스스로 나에게 자신해서 그렇지.
클리탕드르	그러니까 그렇게 자신할 수 있는 근거가 뭐냐고?
아카스트	눈이 멀어서 그렇다니까.
클리탕드르	확실한 증거가 있는 거야?
아카스트	내가 착각하고 있는 거라고 했잖아.
클리탕드르	혹시 셀리멘이 자네에게 비밀스럽게 고백이라도 한 거야?
아카스트	아니야, 셀리멘은 나에게 차가웠어.
클리탕드르	제발 대답해 봐.
아카스트	퇴물 취급을 받았다니까.
클리탕드르	농담할 필요는 없어. 셀리멘이 자네에게 어떤 희망을 주었는지 말해 보라니까?
아카스트	나는 지금 비참해. 자네야말로 행운아야. 셀리멘은 나라는 인간을 극도로 거부해. 이제 곧, 목을 매고 죽어야 할 것 같아.

클리탕드르	이봐! 아카스트 후작, 우리 두 사람 모두의 연애 문제이기도 하니 우리끼리 한 가지 합의를 보는 게 어때? 누가 됐든 우리 중 한 명이 셀리멘의 마음을 차지했다는 특별한 증거를 확실하게 얻는다면 다른 한 사람은 승리를 당당하게 얻어낸 자에게 자리를 내어 주고 사랑의 경쟁에서 스스로 떠나는 거, 어떤가?
아카스트	오! 물론이지. 듣던 중 반가운 소리군. 당연히 약속하겠어. 그런데, 이건 우리 둘만의 비밀이야. 쉿!

2장

셀리멘, 아카스트, 클리탕드르

셀리멘 아직 안 가셨어요?
클리탕드르 사랑 때문에 발이 안 떨어지네요.
셀리멘 방금 마차 들어오는 소리를 들었어요. 누구인지 아세요?
클리탕드르 모르겠습니다.

/

3장

/

바스크, 셀리멘, 아카스트, 클리탕드르

바스크	아르지노에 부인께서 오셨습니다.
	이곳으로 올라오고 계십니다.
셀리멘	무슨 일로 나를 찾아왔을까?
바스크	엘리앙트 아가씨가 그분과
	이야기를 나누고 계십니다.
셀리멘	아르지노에 부인이 무슨 생각일까요?
	여기에는 누구를 보려고 왔을까요?
아카스트	아르지노에 부인은 어느 곳에서나
	정숙한 분으로 통하더군요.
	신앙적으로 믿음이 아주 뜨겁다고…….
셀리멘	그러게요, 맞아요.
	진심을 완벽하게 숨길 줄 아는 분이죠.
	가슴속에 사교계를 품고는 누구든 한 명

걸려들길 바라는 마음에 온갖 정성을
쏟지만 결국에는 얻는 게 없어요.
공공연히 자신의 연인이라고 밝히던 남자들이
다른 여인을 쫓아다니면 질투심으로 가득 차서
그 꼴을 두고 보지 못해요.
모두에게 버림받았다는 생각에 빠져
내내 슬퍼하면서 세상이 자기를 몰라 준다고
늘 화가 나 있어요. 정숙이라는 가짜 베일로
끔찍한 고독을 가리고 자신이 매력이 부족하다는
사실도 가려서 체면을 차리려고 갖은 애를
다 쓰고요. 남자를 유혹하는 게
죄라고 여기는 것도 그런 이유에서예요.
그런데 어떤 남자가 정말 마음에 들면,
아마 알세스트 같은 남자라도 한없이 다정해지죠.
알세스트가 나에게 애정을 보이는 건
자신의 매력을 모욕하는 거고요.
내가 알세스트를 가로챘다고 생각하고 싶어 해요.
그녀가 나를 원망하면서도 힘겹게 감추고 있는
질투심은 어디에서든 자기도 모르게 드러나고
말아요. 그렇게 어리석은 경우를 본 적이 없어요.
심지어 너무나도 무례하기도 하고 그리고…….

/

4장

/

아르지노에, 셀리멘

셀리멘	세상에, 이곳까지 와 주시다니 말할 수 없이 행복하네요! 부인, 정말 진심으로 부인을 걱정하고 있었답니다.
아르지노에	부인께 꼭 알려 드려야 할 말씀이 있어서 왔어요.
셀리멘	어머나, 그러시구나! 이렇게 뵙게 되어 너무 기뻐요!
아르지노에	후작들께서 마침 자리를 떠나시는군요.
셀리멘	그럼 우리 앉을까요?
아르지노에	그럴 필요까지는 없습니다. 부인, 우정은 우리에게 가장 중요한 순간에 뚜렷하게 드러나야 합니다. 그 무엇도 명예와 품위보다 중요하지 않기 때문에 부인의 명예와 관련된 말씀을 드리는 건

부인과 저의 우정을 증명하는 일일 겁니다.
제가 어제 요즘 시대에 드물게 덕망이 아주 높은
분들 댁에 갔습니다. 거기 분들이 이야기를
나누는 중에 부인 이야기가 나오더군요.
커다란 물의를 일으키는 부인의 품행에 대한
내용이었어요. 안타깝지만 아부도 부인을
두둔하지 않았습니다.
부인께서 집으로 불러들이는 많은 남자들과
남자들에게 하는 부인의 헤픈 행실,
그리고 그로 인해 생성되는 소란들에 대해
그분들은 일반적인 수준 이상으로
비판하시더라고요. 제가 감당할 수 없을 정도로
가혹했습니다. 제가 부인을 생각해 어떤 태도를
취했을지는 부인도 잘 아실 겁니다.
부인을 대변해 드리고자 제가 할 수 있는 한
최선을 다했습니다. 부인이 어떤 생각을 하는지
강하게 피력하면서 부인이 어떤 분인지
보증하고자 했습니다. 그런데 부인께서도
잘 아시겠지만 아무리 변호하고 싶어도
할 수 없는 게 있잖아요? 결국 저는 부인의 편에
서는 걸 단념해야만 했습니다.
부인이 살아가는 방식에 다소 잘못이 있으며

사교계에서도 좋지 않은 면모가 수면 위로
떠올랐고 여기저기에서 마냥 듣고 있기 난처한
이야기들이 들려오는 게 사실이니까요.
부인께서 조심하신다면 이런 비난은
조금 줄어들 수 있을 겁니다.
저는 사실 부인이 정숙함을 지켜내지 못한 건
아니라고 믿어요.
정말 하늘에 맹세코 그렇게 믿습니다.
다만 죄라는 건 그림자가 조금만 드리워져도
그게 전부인 것처럼 보이잖아요.
자기 혼자서 잘 사는 걸로는 충분하지 않습니다.
부인, 저는 부인이 상당한 분별력을
지녔다고 생각합니다. 부인을 위해 드리는 말씀에
마음이 상하지 않았으면 합니다.
부인께 도움이 되고자 하는 의도 말고는
다른 뜻은 전혀 없습니다.

셀리멘 부인, 이렇게 저를 생각해 주시니
정말 감사드려요. 저를 위해 해 주시는 말씀인데
마음 상할 리가 있겠어요?
부인의 명예도 걸려 있는 말씀이신데요.
부인께서 저를 그만큼 믿어 주신다는 걸
다시 한 번 깨달았습니다.

사람들이 떠들어 대는 저에 관한 소문들을
저에게 알려주시면서 부인께서 저의
친구시라는 걸 증명해 보이셨으니
부인의 다정한 면모를 이번에는 제가
따르도록 해 볼게요. 사람들이 부인에 대해
무슨 말을 하는지 알려 드리려고요.
얼마 전에 제가 어떤 곳에 갔다가
정말 보기 드물게 심성이 바른 분들을
만나 뵀어요. 그분들이 올바르게 살기 위해
마음을 제대로 보살피려면 어떻게 해야 하는지
말씀을 나누시다가 부인 이야기가 나왔어요.
부인의 정숙함과 신앙에 대한 뜨거운 믿음이
좋은 본보기가 되지 않는다고 하시더라고요.
너무 겉으로만 꾸미려는 모습이 부자연스럽고
끊임없이 지혜와 명예에 대해 이야기하는 태도,
모호한 단어라 해도 순수한 의미로
받아들일 수 있는데 외설적이라고
야단법석을 떨면서 짓는 표정, 부인 스스로를
너무 지체 높으신 분으로 여기고 모든 사람을
불쌍하다는 듯 깔보는 눈빛, 그리고 무고하고
맑은 것들에 대해서도 날을 세워 비난하고
수시로 지적하는 모습, 이 모든 것들에 대해서

한 목소리로 비난하시더군요.
솔직히 말씀드리자면 그렇습니다.
그분들께서 말씀하시길, "겉으로만 겸손한 척,
지혜로운 척하지 나머지는 전혀 그렇지 않은데
뭐가 훌륭하다는 거지? 그 여자처럼 기도에
엄격한 사람도 없을걸. 그런데 하인들을 때리고
일한 대가도 주지 않는다더군.
모든 종교적 장소에서는 뜨거운 믿음을
자랑하지만 허옇게 분칠이나 하면서
아름답게 보이고 싶어 해.
나체가 그려진 그림들은 가리라고 하면서
실제 나체를 너무 좋아하고."
저는 비난이 들릴 때마다 부인 편을 들었고
부인을 너무 헐뜯지 말라고 목소리를 높였어요.
하지만 모두가 내 의견을 묵살했어요.
그들이 내린 결론은 이거예요.
부인은 다른 사람들의 행동에 신경 쓰지 말고
자신의 행동에 더 주의를 기울이는 게
낫겠다는 거죠. 다른 사람들의 잘못을
책망하기 전에 오랜 시간 동안
자신을 돌아봐야 한다는 거예요.
타인에게 고쳐 주고 싶은 문제가 보인다면

먼저 자신의 삶이 본보기가 될 수 있도록
더 노력해야 하고요.
필요한 경우에는 성직자들에게 맡기는 게 나아요.
하늘이 그 역할을 담당하게 하셨으니까요.
부인, 저는 부인 역시 저 못지않은 분별력을
지녔다고 생각합니다. 부인께서도 제가 드리는
말씀에 마음이 상하지 않았으면 합니다.
부인께 도움이 되고자 하는 의도 말고는
다른 뜻은 전혀 없으니까요.

아르지노에 누군가를 나무랄 때는 어느 정도의
마음의 준비를 하기 마련이지만 이런 식으로
기다렸다는 듯이 따지실 거라고는
생각하지도 못했습니다.
부인, 말씀에 뼈가 있네요.
저의 진지한 충고에 마음이 상하신 것 같습니다.

셀리멘 그럴 리가요, 부인.
우리가 정말 현명한 사람들이라면
이 정도의 의견을 서로 주고받을 수 있잖아요.
원래 자신에 대해서는 잘 보지 못하는
경우가 있는데 서로의 진심을 통해 제대로
눈을 뜰 수 있으니까요. 우리가 들었던 것처럼
다른 사람들이 저나 부인에 대해

무슨 말을 하는지 우리 서로 헌신하는 마음으로
앞으로도 전해 주는 역할을 할 수 있을지는
오직 부인께 달려 있습니다.

아르지노에 세상에나! 부인, 저는 부인의 말씀을 전혀
알아들을 수가 없어요.
거센 비난을 받아야 할 사람이 저라는 뜻인가요?

셀리멘 부인, 찬사든 비난이든 못할 게 없다고 생각해요.
나이나 취향에 따라 어떻게 판단할지는
각자 이유가 있을 테니까요.
연애에 집중하는 시기가 있고 정숙하게
지내야 할 때도 있잖아요. 젊은 나이만이
지닐 수 있는 빛이 결국 사그라들고 나면 스스로
이해타산을 생각해 보고 어떤 태도를 취할지
정해야 합니다. 늙어서 볼품없어진
외모를 가리는 데 도움이 될 만한 쪽으로 말이죠.
제가 언젠가 부인의 뒤를 따르지 말란 법은
없을 겁니다. 부인, 나이를 먹어 가면
모든 게 사라지잖아요.
아시겠지만 제가 스무 살의 나이에 벌써
그럴 필요는 없을 것 같아요.

아르지노에 부인은 결코 특별할 것도 없는 걸
특권이라 여기면서 뽐내시는군요.

자신의 젊음을 쓸데없이 요란하게 떠벌리는 것
같네요. 부인보다 어린 사람들도 있을 텐데
스무 살이라는 나이가 그렇게까지 자랑할 건
아니죠. 부인이 왜 이렇게 이상한 방식으로
마음을 진정하지 못하고 화를 내면서
저를 궁지로 모는지 모르겠습니다.

셀리멘 그건 제가 할 말인데요.
부인께서는 왜 자꾸 어디에 가실 때마다
저에 대해 목소리를 높이시죠?
부인이 슬픔에서 벗어나지 못하는 게
제 탓인가요? 저에게 관심이 몰리는 바람에
부인이 외로워지셨나요? 남자들이 저만 보면
사랑이 샘솟아서 그 애정을 매일 저에게
보내고 싶다는데 어쩌겠어요. 부인이 그걸 빼앗고
싶다고 해도 제가 할 수 있는 건 없는걸요.
제 잘못이 아니잖아요.
부인께서 하고 싶은 대로 하세요.
제가 부인께서 남자들의 관심을 끌 만한 매력을
갖지 못하도록 하거나 남자들의 사랑을
얻을 만한 매력을 갖지 못하도록 가로막을 일은
없을 거예요.

아르지노에 정말 유감이네요! 제가 부인이 의미 없이 많은 연인을 가졌다고 신경 쓰는 걸로 보이세요?
남자들이 걸려들게 하려고 부인이 어떤 짓을
하는지 짐작하기 어려울 거라고 생각하시나
보군요? 모든 일이 어떻게 돌아가는지
사람들이 다 보았는데 남자들이 몰려든 게
순전히 부인의 매력 때문이라고 믿을 거라고
생각하세요? 남자들이 부인께 순수한 사랑을
품고 부인의 정숙한 모습을 보고
수작을 건다고 믿겠냐고요? 사람들의 판단력이
이렇게 어설픈 구실 때문에 흐려질 리 없어요.
사람들은 그렇게 쉽게 속지 않아요.
제가 아는 부인 몇 분은 남자들의 사랑을
자연스럽게 불러일으키지만 절대로 연인들을
붙잡지 않아요. 이쯤 되면 결론을 내릴 수
있겠죠. 남자들에게 바짝 다가서지 않으면
그들의 마음을 얻을 수 없다는 것,
그 어떤 남자도 여인의 아름다운 눈만 보고
사랑에 빠지지 않는다는 것,
남자들이 쏟는 정성은 결국 값을 치러야 하는
거라는 것을 말이죠. 그러니까 엄청난
영광을 누리고 있는 것처럼 부풀리지 마세요.
부인이 거둔 승리는 너무 별 볼 일 없어서

별로 반짝이지도 않거든요. 자신은 대단한 매력을
지녔다고 생각하면서 다른 사람들은
그렇지 못한 듯 여기고 업신여기는 그 오만함도
좀 고치시고요. 부인이 어떻게 사랑을 쟁취했는지
지켜본 사람이라면 누구든 할 수 있을 거예요.
아무런 준비 없이도 원할 때 연인을 만들 수
있다는 것쯤은 누구나 쉽게 선보일 수 있다고
생각해요.

셀리멘 정말 그렇게 쉽게 연인을 얻을 수 있을지는
두고 보죠. 방금 말씀하신 특별한 비법으로 꼭
연인을 만날 수 있길 바랄게요.
아무런 준비도 하지 말고…….

아르지노에 부인, 우리 이런 대화는 그만하죠.
각자의 견해 차이가 끝도 없이 벌어질 것
같습니다. 제가 마차를 기다리고 있던 게
아니었다면 이 자리를 벌써 떠나고도
남았을 겁니다.

셀리멘 편하신 대로 머물러 계셔도 돼요.
부인, 아무도 부인께 서두르시라고 하지 않아요.
하지만 괜한 예의를 차리고 싶지는 않네요.
이야기 나누시기에 더 좋은 일행을 소개해
드리겠습니다. 우연히 이곳에 오신 분인데

저보다 더 좋은 말동무가 되어 주실 겁니다.

알세스트 씨, 제가 편지를 쓰러 가야 해서요.

더 미루면 큰일 날 것 같아요.

부인과 함께 계셔 주세요.

부인께서도 저의 무례함을 기꺼이 용서해 주실 거예요.

/
5장
/

아르지노에, 셀리멘

아르지노에 셀리멘 부인이 말했지만 제가 마차를 기다리는 동안 알세스트 씨와 이야기를 나누었으면 하시네요. 당신과 대화를 나누게 된 이번 기회가 부인이 그동안 저에게 베푼 배려 중 가장 마음에 드는 일입니다. 능력이 탁월하신 분들은 많은 사람들에게 사랑과 존경을 받기 마련이죠. 당신께는 신비로운 매력이 있어서 당신의 모든 게 궁금하고 관심이 갑니다. 궁정의 사람들이 당신에게 호감을 갖고 얼마나 가치 있는 분인지 제대로 평가해 주었으면 좋겠어요. 당신이 궁정에 불만을 품고 계신 건 당연할 거예요. 저도 화가 나더라고요.

	사람들이 당신 생각을 너무 안 하는 게 제 눈에도 항상 보이거든요.
알세스트	제 이야기를 하시는 건가요? 부인, 제가 무슨 근거로 그런 욕심을 부리겠습니까? 제가 국가에 무슨 도움을 주었죠? 사람들이 봤답니까? 궁정 사람들이 제 생각을 해 주지 않는다고 불평을 늘어놓을 만큼 제가 무슨 대단한 일이라도 했어야 말이죠!
아르지노에	궁정에서 좋은 평가를 받는다고 해서 모두가 굉장한 봉사를 한 건 아닙니다. 기회가 필요한 거죠. 이를테면 권력 같은 거 말입니다. 당신이 우리에게 보여 준 능력으로 어쩌면…….
알세스트	맙소사! 제발 제 능력에 대해 이러쿵저러쿵하지 말아 주세요. 부인께서는 궁정 사람들이 무얼 그렇게 신경 써야 한다고 생각하십니까? 궁정은 해야 할 일이 많고 신경 써야 할 일도 많아요. 그런데 사람들의 능력까지 발굴하라니요.
아르지노에	특출난 능력은 자연스럽게 드러난답니다. 모두가 당신의 능력이 뛰어나다고 평가합니다. 당신은 모르시겠죠. 제가 어제 정말 중요한 두 곳을 방문했었거든요.

|||영향력이 막강한 분들이 당신을
칭찬하시더라고요.
| :--- | :--- |
| 알세스트 | 아! 부인, 그들은 모두를 칭찬할 겁니다.
요즘은 칭찬받는 걸로 특별한 사람이
될 수 없어요. 모든 사람이 각자 탁월한 재능을
타고났으니까요. 칭찬받는다는 게 더 이상
명예일 수 없어요. 찬사는 넘쳐흘러요.
칭찬받지 않는 사람이 없을 거예요.
제 하인도 가제트 드 프랑스 신문에
나올 정도니까요. |
| 아르지노에 | 저는 당신이 궁정에서 더 좋게 보여서
중요한 직무를 맡을 수 있었으면 좋겠어요.
아주 조금이라도 관심이 있으시면
제게 말씀해 주세요. 제가 영향력이 있는
사람이라 당신께 도움이 될 수 있을 겁니다.
당신을 위해 움직여 줄 사람들이 있어요.
아주 탄탄대로를 열어 드릴 수 있습니다. |
| 알세스트 | 부인, 제가 궁정에서 무슨 일을 하길 원하십니까?
저는 자신을 잘 알아요.
저는 차라리 궁정에서 추방되고 싶은 사람이에요.
신은 나를 세상에 태어나게만 했지
궁정 분위기에 잘 어울릴 수 있는 성격은 |

아예 주지 않은 것 같아요.
저에게는 궁정에서 성공하고 책임을 맡아
일하기 위해 필요한 능력이 전혀 없습니다.
솔직하고 진지한 게 저의 가장 큰 장점이죠.
저는 말로 사람을 다룰 줄 모릅니다.
생각하는 걸 숨기지 못하는 사람은
궁정에서 견딜 재간이 없어요.
궁정 밖에서는 그 안에서만 얻을 수 있는 지지와
영광스러운 지위를 누릴 수는 없겠죠.
하지만 이런 특혜들을 누리지 못해도
멍청하기 짝이 없는 사람이 되어야 하는
서러움도 겪을 필요가 없답니다.
쓰레기 같은 끔찍한 인간들에게 시달릴 일도 없고
높으신 나리들이 읊어 대는 시에
찬사를 보낼 일도 없죠.
어떤 부인에게도 입발림 소리를 할 필요도 없고
자유분방한 후작들의 별난 행동들을
겪을 일도 없답니다.

아르지노에   당신이 궁정에 대해 그렇게 생각하신다니
어쩔 수 없네요. 그런데 당신의 사랑에 대해서는
답답한 마음이 드는 게 사실이에요.
그에 대해 제 생각을 들려 드릴게요.

당신이 정말 좋은 분을 사랑하실 수 있길 진심으로 바랍니다.
훨씬 더 안락한 운명을 누리셔야 해요.
지금 당신이 빠져 있는 상대는 당신과 어울리지 않아요.

알세스트 그런데 부인, 부인은 지금 그렇게 말씀하시는 사람을 친구로 생각은 하시는 거죠?

아르지노에 그럼요. 하지만 그 친구가 오랫동안 당신에게 잘못하는 걸 지켜보았어요.
양심상 마냥 보고만 있을 수 없겠더라고요.
당신의 모습에 정말 마음 아팠답니다.
한 말씀 드리자면, 셀리멘은 당신의 사랑을 배신했어요.

알세스트 부인, 제 마음을 참 따뜻하게 어루만져 주시는군요. 이렇게 다정한 조언은 연인이 해 주는 것일 텐데요.

아르지노에 맞아요, 셀리멘이 제 친구이기는 하지만 당신처럼 점잖은 분의 마음을 받을 자격은 없는 것 같아요. 그리고 당신을 향한 그녀의 감미로운 사랑은 순전히 가식이랍니다.

알세스트 부인, 그럴 수도 있을 겁니다.
마음을 들여다볼 수는 없으니까요.

|아르지노에| 그런데 저에게 굳이 이렇게 부인의 생각을
말씀해 주시지 않아도 괜찮을 것 같습니다.
당신이 현실을 직시하고 싶지 않으시다면
더 이상 말씀 드리지 않겠습니다.
그러는 게 훨씬 편하실 테죠.
|알세스트| 그런 뜻이 아닙니다. 사랑의 문제라면
그 무엇보다도 의심하는 게 사람을 가장 힘들게
하거든요. 제가 명확하게 확인할 수 있는 것만
말씀해 주셨으면 좋겠습니다.
|아르지노에| 알겠습니다.
이 이야기는 더 이상 하지 않겠습니다.
어차피 곧 알게 되실 테니까요.
맞아요, 당신의 두 눈으로 모든 걸 목격하게
될 것입니다. 그런데 혹시 제가 집에 가는 길에
동행해 주실 수 있을까요?
당신의 연인이 어떤 부정을 저질렀는지
확인해 줄 확실한 증거를 보여 드릴게요.
그리고 혹시 당신이 다른 분을 사랑할 마음이
있으시다면 위안이 되어 드릴 수 있는 분을
소개해 드리겠습니다.

/

제4막

/

/
1장
/

엘리앙트, 필랑트

필랑트 그렇게 다루기 힘든 사람은 처음 봤어요.
이번처럼 합의가 어려웠던 적도 없고요.
그 친구의 마음을 바꾸려고 온갖 노력을
다 해 봤지만 소용없었어요. 자신의 감정에
너무 빠진 나머지 도통 헤어나지 못하더라고요.
제 생각에, 두 사람 덕에 귀족 법원의 판사들도
이렇게 이상한 분쟁은 처음 맡아 봤을걸요.
알세스트가 이렇게 말했어요.
"아니요, 제가 했던 말을 취소할 수 없습니다.
그것 말고는 모두 동의하겠어요.
무엇 때문에 화가 났다는 겁니까?
나에게 무슨 말을 하고 싶은 거죠?
글을 잘 쓰지 못했다는 게 자기 명성에

누가 된대요? 나는 그저 의견을 말했을 뿐이고,
곡해해서 들은 건 그 사람이라니까요?
고상한 사람도 시를 잘 짓지 못할 수 있어요.
그렇다고 그 사람의 명예가 실추되는 건
아니라고요. 저는 그 사람을 교양있는 사람이라고
생각해요. 사회적 지위도 높고, 능력도 있고,
인정이 많은 사람이죠. 다른 모든 건 대단하다고
생각하지만 작가로서는 절대로 아니에요.
그가 재산이 많고, 돈을 얼마나 잘 쓰는지,
또 말도 잘 타고, 무기를 잘 다루고,
춤도 잘 추느냐고 묻는다면 마음껏
찬사를 보내겠습니다. 하지만 그의 시에 대해서는
도저히 그럴 수 없습니다. 더 잘해야 하는,
잘할 수 있는 일이라면 타고난 게 아니에요.
목숨을 내어놓고 하려는 게 아니라면
시를 지으려는 욕심을 버려야 합니다."
그래도 그를 배려해 주려고 애쓰다 보니
타협은 성사되었고 결국 알세스트도 감정을
추스르더라고요. 그리고 스스로는 꽤 부드러운
말투로 말하려고 애쓰면서 이렇게 말했어요.
"선생님, 제가 너무 까다롭게 군 건 유감스럽게
생각합니다. 오늘 오후에, 그 소네트에 대해

선생님을 생각하는 마음으로 기꺼이 좋은
작품이라고 평해 드렸어야 했는데 말이죠."
두 사람이 포옹하는 것으로, 모든 소송 절차를
재빠르게 마칠 수 있었습니다.

엘리앙트 알세스트 씨가 행동하는 방식은 정말 특이해요.
그런데 솔직히, 그런 면이 참 특별하다고 생각해요.
그리고 그분이 자부하는 솔직함 그 자체는
숭고하고 용맹한 무언가가 있어요. 이건 요즘
시대에는 찾아보기 힘든 미덕이에요. 그런 미덕을
어디에서나 발견할 수 있었으면 좋겠어요.

필랭트 저는 그 친구를 보면 볼수록
특히 놀라운 게 있어요. 그런 그가 뜨거운 사랑에
빠져 있다는 거죠. 그가 원래 타고난 기질로는
사랑할 마음이 생길 수 없을 것 같거든요.
그리고 어떻게 당신 사촌 셀리멘에게
그의 마음이 기울었는지는 정말 모르겠다니까요.

엘리앙트 사랑이란 게 꼭 기질적인 관계를 통해서만
생겨나는 게 아니라는 걸 보여 주는 거예요.
알세스트 씨의 경우에는 서로를 사랑하게 되는
일반적인 이유들을 하나도 찾아볼 수가 없군요.

필랭트 그런데 셀리멘 부인이 정말 알세스트를
사랑한다고 생각하세요?

엘리앙트 그게 정말 저도 알 수 없는 점이에요. 그녀가 진심으로 그를 사랑하는지 어떻게 판단할 수 있을까요? 그녀 본인도 자기가 느끼는 감정이 무엇인지 정확하게 알지 못하잖아요. 가끔은 그 정체를 모르고도 사랑에 빠지고 또 가끔은 아무것도 아닌데도 사랑한다고 생각할 수도 있고요.

필랭트 제 생각에 알세스트가 계속 셀리멘 부인 곁에 머문다면 상상하지 못할 정도로 큰 슬픔을 겪게 될 것 같아요. 솔직히 저라면 사랑은 다른 사람에게서 찾을 거예요. 부인, 저라면 당연히 당신이 보여 주는 선의를 선뜻 받아들였을 겁니다.

엘리앙트 정말 솔직하게 말씀 드릴게요. 저는 사랑에 대해서는 자신이 믿는 대로 해야 한다고 생각해요. 저는 알세스트 씨의 사랑을 반대하지 않아요. 반대로 그분의 사랑을 응원합니다. 만약 그분이 저를 사랑해서 제가 결정해야 한다면 저는 그분과 결혼할 거예요. 생각으로야 무슨 선택인들 못 해 보겠어요. 설령 셀리멘이 다른 사람과 사랑에 빠져서 그분의 사랑이 좌절되더라도, 저는 그분의 사랑을 받아들이겠다고 결심할 수 있어요.
그분이 셀리멘에게 거절을 당하는 일이 생겨도
저는 그런 일 때문에 그분에게 거부감을 갖지
않을 거에요.

필랭트 부인, 제 입장에서도 부인께서 알세스트를
좋게 생각하고 계신 것에 반대하지 않습니다.
제가 온 마음을 다해서 이 사실을 알세스트에게
전한다면 그가 부인을 사랑할 수 있을지도
모릅니다. 하지만 셀리멘 부인과 그가 결혼을
하게 되어서 부인이 그의 사랑을 받을 기회를
얻지 못한다면, 부인께서 그 친구를 향해 따뜻한
친절을 베푸시며 품었던 그 뜨거운 마음을 제가
탐내도 될지요. 다행히도 부인의 마음속에서
그가 사라지는 날이 온다면, 부인, 그때는 부인의
마음을 저에게 주실 수 있었으면 좋겠습니다.

엘리앙트 괜한 말씀을 하시네요.

필랭트 아닙니다, 부인.
제 진심을 다해 말씀드리는 겁니다.
제가 나설 수 있기를 고대하고 있습니다.
그날이 어서 빨리 오기를 간절히 바랍니다.

2장

알세스트, 엘리앙트, 필랭트

알세스트 부인, 변함없이 셀리멘을 사랑해 왔는데 다 소용없게 되었어요. 제가 당한 이 모욕을 부인이 되갚아 주세요!

엘리앙트 도대체 무슨 일이세요? 왜 그렇게 흥분하시는 거예요?

알세스트 제…… 사랑은 끝장…… 났습니다. 말이 나오지 않네요. 죽어야 이 상황을 이해할 수 있을까요? 온 세상이 미친 듯이 폭발해도 지금보다 괴롭지는 않을 거예요.

엘리앙트 정신을 좀 차려 보세요!

알세스트 이럴 수가! 어떻게 그토록 우아하고 매력적인 사람이 미천하고 악한 자들처럼 가증스러운 일을 저지를 수 있죠?

엘리앙트 그러니까, 무슨 일이…….

알세스트 아! 다 끝났어요. 저는, 저는 배신을 당했어요.
죽은 거나 마찬가지예요.
셀리멘이……. 아마 제 말을 믿지 못하실 거예요.
셀리멘이 저를 속였어요.
그녀는 부정한 여자일 뿐이에요.

엘리앙트 무슨 일이 있었기에 그렇게 믿게 되신 거예요?

필랭트 괜히 어설프게 추측한 거겠지.
자네가 질투심 때문에 가끔 이상한 상상을
할 때도 있잖아…….

알세스트 아! 빌어먹을, 자네는 이 일에 끼어들지 마.
셀리멘이 부정을 저질렀다는 건 너무나도
확실한 사실이야. 그녀가 직접 쓴 편지가
내 주머니에 들어 있어. 맞아요, 부인, 그건
오롱트에게 쓴 편지예요. 이 두 눈으로 그 편지를
똑똑히 보았어요. 나의 불행과 그녀의 수치를
증명해 주는 편지란 말이에요.
오롱트가 셀리멘에게 관심을 보여도 그녀가
피한다고 생각했거든요. 많은 경쟁자들이 있지만
오롱트 그 사람은 신경도 안 썼어요.

필랭트 편지를 제대로 보지 않고 착각한 것일 수도 있어.
생각만큼 크게 잘못된 일이 아닐 때도 있잖아.

알세스트 이봐, 다시 한 번 말할게. 제발 끼어들지 마. 자네 걱정이나 해!

엘리앙트 흥분을 가라앉히세요. 그리고 그 모욕적인 일은……

알세스트 부인, 이제 당신께서 나서 주세요. 오늘 제가 이 끔찍한 고통에서 벗어나기 위해 매달릴 분은 부인밖에 없어요. 그 은혜도 모르는 배신자에게 복수해 주세요. 셀리멘은 감히 제 변함없는 사랑을 배신했어요. 부인께서도 셀리멘의 부정에 치가 떨릴 거예요. 원수를 갚아 주세요.

엘리앙트 제가 복수를 하다니요! 어떻게요?

알세스트 제 마음을 받아 주세요. 그 배신자 대신 부인께서 제 마음을 받아 주세요. 그래야 제가 셀리멘에게 복수할 수 있습니다. 부인을 진지하게 사랑하고, 깊이 생각하고 존경하며 돌보고 열심히 책임을 다하고 부지런히 보좌함으로써 저의 이 열렬한 마음을 바치고 싶습니다. 이렇게 해서 셀리멘을 벌하고 싶어요.

엘리앙트 당신이 겪고 계신 괴로움에 저 역시 가슴이 아파요. 저에게 주시려는 마음을 업신여기는 것도 아니고요. 하지만 어쩌면 셀리멘이 저지른 죄가 생각만큼 심각하지 않을 수도 있어요.
복수하고 싶은 생각이 사라질 수도 있고요.
매력이 많은 사람에게 모욕을 당하면 감당할 수도 없이 비현실적인 계획을 세우게 되죠.
그 사람을 잊기 위해서 아무리 정신을 차리려고 애를 써 봐도 결국 사랑받는 배신자는 무죄가 되고 말아요. 그 사람이 끔찍한 불행을 겪기를 바라지만 그런 마음마저 곧 사라지죠.
다른 사람들도 이별을 겪은 사람의 분노가 무엇인지 잘 알아요.

알세스트 아니에요, 절대로 아닙니다, 부인. 저는 이 모욕 때문에 정말 죽을 것 같다니까요.
셀리멘은 결코 무죄가 될 수 없어요. 저는 그녀와 헤어질 겁니다. 그 어떤 것도 제 생각을 바꿀 수 없을 거예요. 만약 셀리멘을 예전처럼 사랑하게 된다면 제 스스로를 용서하지 못할 겁니다.
저기 셀리멘이 오고 있네요.
분노가 더 솟구치는군요. 그녀가 한 짓이 얼마나 악랄한 건지 호되게 나무랄 거예요.
그녀가 어쩔 줄 몰라 하게 만들고 제가 그 위선의 늪에서 완전히 해방된 후에, 부인께 제 마음을 드리겠습니다.

3장

셀리멘, 알세스트

알세스트　오, 하느님! 지금 요동치는 이 마음을 어떻게 하면 진정시킬 수 있을까요?

셀리멘　어머나, 도대체 왜 그렇게 불안해하고 계시나요? 왜 계속 한숨을 내쉬면서 암담한 눈빛으로 저를 쳐다보시는 거예요? 저에게 하고 싶은 말씀이 뭐죠?

알세스트　사람이 저지를 수 있는 그 어떤 끔찍한 일도 당신의 배신보다 나쁠 수 없을 거예요. 저주, 악마, 분노한 하늘도 당신처럼 악한 인간을 만들어내지는 못했을 겁니다!

셀리멘　그동안 제가 감탄했던 당신의 다정한 사랑이 이 정도밖에 안 되는군요!

알세스트　세상에, 농담하지 마세요.

지금은 웃을 때가 아닙니다.
부끄러워서 얼굴이 화끈거려야 할 때라고요!
당신의 배신을 증명해 줄 증거가 있어요.
제 얼굴이 어두워 보였던 이유는 바로 이거예요.
당신을 사랑하면서 왜 자꾸 마음이 불안했는지
이제야 알겠군요. 당신은 왜 자꾸 당신을
의심하는지 모르겠다고 기분 나빠했죠.
그 불안의 정체는 결국 내가 불행할 수밖에
없었던 거예요. 당신이 아무리 교묘하게 숨기려고
애써도 나의 운명은 내가 무엇을 두려워했는지
말해 주더군요. 하지만 당신이 죗값을 치를
필요가 없을 거라는 안일한 생각일랑
하지 마세요. 당신 때문에 내가 당한 모욕을
생각하면 정말이지 원통합니다. 사랑이 아무리
애를 써도 제 마음대로 되지 않는다는 건
잘 압니다. 사랑은 어디에서건 제멋대로
생겨날 수 있고 절대로 강요해서 얻을 수 있는
것도 아니에요. 누구나 사랑하는 사람을
선택할 자유는 있습니다. 만약 당신이 애초에
솔직하게 털어놓았었다면 제가 지금 이렇게
당신에게 분노할 이유도 없겠죠.
차라리 처음부터 나의 사랑을 거부했더라면

지금 나는 그저 운명이 너무 가혹한 것뿐이라고 생각하고 있을 거예요. 그런데 당신의 위선적인 고백 때문에 나는 나의 사랑이 환영받는다고 생각했죠. 이건 부정이고 배신이에요. 그 어떤 끔찍한 벌을 받아도 충분하지 않을 중죄라고요. 나는 이 배신감에서 벗어나기 위해 무엇이든 할 겁니다. 그래요, 맞습니다. 당신은 이제 두려워해야 할 거예요. 이런 능멸을 당했으니 나는 지금 분노에 휩싸여 있어요. 스스로도 감당할 수 없을 정도로요. 당신 때문에 나는 죽음 같은 것은 고통에 시달리고 있어요. 아무리 정신을 차리려고 해도 소용없죠. 화라도 내야지 버틸 수 있을 것 같아요. 내가 무슨 짓을 저지를지 나도 모르겠습니다.

셀리멘 그러니까 그렇게 견딜 수 없이 화가 난 이유가 뭐냐고요! 말씀해 주세요. 판단력마저 잃어버리신 거예요?

알세스트 그래요, 그렇습니다. 잃어버렸어요! 불행할 줄도 모르고 당신에게 사로잡혔을 때 생명을 앗아갈 독을 삼켜 버렸거든요. 나를 배신할 줄도 모르고 당신의 매력에 흠뻑

빠진 채 당신이 진정성 있는 사람이라고
생각했던 겁니다.

셀리멘 제가 도대체 무슨 배신을 했다고 이렇게
난리세요?

알세스트 세상에! 정말 이중적이시군요!
속마음을 어쩌면 그렇게 잘 감추시는지!
하지만 당신 본모습을 드러낼 수밖에 없도록
할 방법이 이미 준비되어 있습니다!
자, 여기를 똑똑히 보세요.
당신의 필체인데, 알아보시겠죠?
이 종이가 왜 저에게 있는지 당황스러우시겠네요.
이런 증거를 앞에 두고도 할 말이 있나요?

셀리멘 그게 당신의 마음을 어지럽게 만들었다는 건가요?

알세스트 이 필체를 보고도 부끄럽지 않아요?

셀리멘 제가 왜 이것 때문에 얼굴을 붉혀야 하죠?

알세스트 뭐라고요? 부인은 지금 뻔뻔한 것도 모자라
꾀를 부리기까지 하시는군요?
부인의 서명이 없으니, 본인이 쓴 게
아니라는 건가요?

셀리멘 제 손으로 직접 쓴 편지가 아니라고 할
이유가 있겠어요?

알세스트 이 편지를 정말 아무런 감정의 동요 없이 보실 수

	있으세요? 필체가 부인이 죄를 지었다는 증거인데도요?
셀리멘	당신 같은 괴짜는 처음 봅니다!
알세스트	괴짜라고요? 지금 이렇게 확실한 증거를 무시하시는 겁니까? 여기에 당신의 오롱트를 사랑하는 마음이 나타나 있잖아요. 그런데도 제가 모욕받을 필요도 없다고요? 부인도 전혀 수치스럽지 않고요?
셀리멘	오롱트 씨라니요? 이 편지 그 사람한테 쓴 거라고 누가 그러던가요?
알세스트	오늘 이 편지를 제 손에 넘겨준 사람들이 말해 주었습니다. 하지만 저는 편지의 주인공이 다른 사람이라고 해도 괜찮습니다. 그렇다 한들 부인을 향한 제 원망이 줄어들겠습니까? 부인의 잘못이 거짓이 되나요?
셀리멘	하지만 이 편지의 주인공이 여자라면 당신이 마음 상할 이유가 있을까요? 그게 무슨 죄죠?
알세스트	아! 머리를 참 잘 쓰시네요. 생각지도 못한 놀라운 변명입니다. 솔직히 이렇게 나오실 줄은 몰랐어요. 그래서 오히려 더 확신을 갖게 되네요. 감히 그렇게 조잡한 핑계를 대시다니요. 그리고 사람들이 그렇게 생각이 없는 줄 아세요?

그래요, 두고 봅시다. 도대체 어떤 방법으로,
어떤 표정을 지으며 부인이 얼마나 엉성한
거짓말로 우겨댈지 지켜보자고요.
이 편지가 어떻게 여자에게 쓴 거라고
말할 수 있죠? 편지에는 남자를 향한 절절한
사랑의 말들로 가득 차 있는데도요?
제가 그럼 이 편지를 한번 읽어 볼 테니,
사실을 말씀해 주시죠. 저의 의심들이
사라질 수 있도록…….

셀리멘 그러고 싶지 않습니다. 제 앞에서 그런 식의 말로
힘을 행사하려고 하시다니 정말 별나시군요.

알세스트 안 돼요. 거부하시면 안 됩니다. 화내지 마시고
노력하는 시늉이라도 좀 해 보세요. 왜 편지에
이런 표현들을 사용했는지 설명해 보시라고요.

셀리멘 아니요. 하라는 대로 절대로 하지 않을 거예요.
믿고 싶은 대로 믿으세요.
나는 아무 상관 없이요.

알세스트 말씀하세요. 그래야 궁금증이 풀리죠. 이 편지가
여자에게 쓴 거라는 걸 설명해 보시라고요.

셀리멘 아니에요. 오롱트 씨에게 쓴 편지라고 믿으세요.
그분이 저에게 관심이 많았고 당연히 저는 기분이
좋았어요. 그분이 하시는 말씀은 감탄스러워요.

저는 그분이 존경스러워요.
당신이 원하시는 대로 인정해 드릴게요.
하고 싶은 대로 하세요.
아무도 당신을 막지 못할 테니까요.
머리가 너무 아프네요. 이제 그만하세요.

알세스트 이럴 수가! 세상에 당신보다 잔인한 사람은
없을 겁니다! 사람의 마음을 이런 식으로
취급하다니요! 뭐라고요? 당신에 대한 내 분노는
당연한 거라고! 고통스러워서 괴로워하는 나를
비난하다니! 당신은 나의 아픔과 의심을 극한으로
몰고 가는군요. 믿을 테면 믿어 보라면서
무책임하게 으스대기나 하고. 그런데 내 마음은
여전히 비겁해서 당신을 붙들고 있는 사슬을
끊어 낼 수 없고 나를 향해 있는 모욕을
막아내지 못하는군. 배은망덕한 당신을 왜
이렇게까지 사랑하는지!
아! 사랑의 배신자인 당신은 나의 가장 연약한
부분을 너무도 잘 이용하는군요.
이 운명적인 사랑은 당신의 위험한 눈길에서
비롯됐죠. 그런데 그 사랑이 차고 넘치자 당신은
한 편에 아껴둘 줄도 알죠! 당신이 잘못해서
내가 이렇게 괴로운데, 차라리 변명이라도 하세요.

나에게 보란 듯이 잘못한 척만 하지 말고요.
나의 사랑은 결국 당신 편이겠죠.
부정을 저지르지 않았다고 진심을 다해
말해 보라고요. 그러면 그렇게 믿어 보려고
해 볼 테니까요.

셀리멘 가세요. 당신은 질투심 때문에 미쳤어요.
제 사랑을 받을 자격이 없어요. 그 누가 나에게
당신을 위해 내 속마음을 속이도록 바닥까지
내려가게 할지 나도 알고 싶군요. 만약 내 마음이
다른 사람을 향하게 되었다면 제가 왜 그 사실을
정중하게 말하지 않겠어요?
아! 설령 의심이 생겼다 해도 제 감정을
존중하는 마음으로 저를 믿어 주실 수는 없나요?
제가 보증을 한다고 무슨 영향이 있겠어요?
다른 사람들의 말에만 귀를 기울이는 것이야말로
저에 대한 모욕 아닌가요?
여자들은 사랑하는 마음을 고백해야겠디고
결론을 내리기까지 엄청난 노력을 해야 해요.
사랑은 여성이라는 성별의 명예를 지키고자 할 때
걸림돌이 되거든요. 사랑의 고백은 엄격하게
금지되어요. 남자가 자신을 위해 그런 장애물을
뛰어넘는 여인을 보고도 그녀의 마음을

쉽사리 의심한다면 오히려 그 사람이
벌을 받아야 하지 않나요?
여자가 그 힘든 갈등들을 겪었는데 아무런 말을
하지 않았다고 그녀의 사랑을 확신하지 못한다면
비난받아 마땅하지 않나요?
가세요, 당신의 의심 때문에 나는 화만 날
뿐이에요. 당신은 제가 존경할 가치가 없는
사람이에요. 제가 바보죠. 여전히 당신에게
호의를 베풀려고 한 제 생각이 너무 짧았네요.
다른 곳에서 제가 존중할 수 있는 분을
찾아야겠어요. 이제는 당신을 원망해도
아무 문제 없겠죠.

알세스트 아! 배신자! 나는 당신 앞에서는 왜 이렇게
약한지! 당신은 한없이 달콤한 말들로 나를
속였어요. 하지만 상관없습니다. 나의 운명을
따르겠어요. 제 모든 것을 내려놓고 당신을
믿겠습니다. 당신의 사랑이 어떨지 끝까지
지켜보고 싶습니다. 그 끝이 흉악한
배신일지라도요.

셀리멘 아니요, 당신은 다른 사람들이 사랑하듯 나를
사랑할 줄 몰라요.

알세스트 아! 나의 이 지고지순한 사랑은 그 무엇과도

비교될 수 없어요. 모든 사람에게 드러내고 싶은
마음이 너무 커서 당신을 화나게 하면서까지
어리석은 기대를 품었네요.
그래요, 아무도 당신을 사랑하지 않았으면
좋겠어요. 당신이 비참한 운명에 갇혔으면 좋겠고
태어날 때부터 가진 게 아무것도 없었으면 좋겠고
지위도, 가문도, 재산도 없었으면 좋겠어요.
그런 당신에게 내 눈부신 사랑을 바쳐서
당신을 그 불공정한 운명에서 벗어나게 해 주고
내 사랑의 손으로 당신을 일어설 수 있게 되는
바로 그날 저는 한없이 기쁘고 영광스러울
것입니다.

셀리멘 이상한 방법으로 제 환심을 얻으려고 하시네요!
부디 그런 일이 생기지 않았으면 좋겠어요!
마침, 뒤 부아 씨가 참 괴상한 모습으로
들어오시는군요.

4장

뒤 부아, 셀리멘, 알세스트

알세스트 꼴이 왜 그래? 왜 정신 나간 것 같은 표정을 하고 있어? 무슨 일 생겼어?

뒤 부아 나리······.

알세스트 정말 무슨 일이 있는 거야?

뒤 부아 정말 이해할 수 없는 일이에요.

알세스트 왜?

뒤 부아 나리, 문제가 생겼습니다.

알세스트 도대체 뭐가?

뒤 부아 큰 목소리로 말씀 드릴까요?

알세스트 그래, 말해, 어서.

뒤 부아 아무도 없겠죠, 혹시 누가······.

알세스트 시간 낭비하지 말고! 말을 하라니까!

뒤 부아 나리, 얼른 빠져나가셔야 합니다.

알세스트   무슨 소리야?

뒤 부아   여기에서 몰래 나가셔야 한다고요.

알세스트   뭐?

뒤 부아   이곳을 떠나야 한다고 말씀 드렸습니다.

알세스트   왜 그러는 건데?

뒤 부아   나리, 떠나셔야 합니다.
 인사할 시간도 없습니다.

알세스트   그러니까 네가 이렇게 말하는 이유가 뭐냐고?

뒤 부아   떠나셔야 하기 때문입니다, 나리.

알세스트   이 썩을 놈아!
 제대로 설명하지 않으면 네놈의 머리를
 깨 버릴 테다!

뒤 부아   나리, 검은 옷을 입은 한 남자가 부엌까지
 들어와서는 편지 한 통을 두고 갔습니다.
 그런데 어찌나 흘려 썼던지 도통 읽을 수가
 없습니다. 나리의 소송 서류인 게 틀림없는데
 한 글자도 못 알아보겠어요.

알세스트   그게 지금 무슨 소리야?
 서류는 또 뭐고 조금 전에 나에게 떠나야 한다고
 한 건 또 뭐냐?

뒤 부아   서류를 받고 한 시간 뒤에 종종 나리를 찾아오던
 어떤 분이 오셔서는 급하게 나리를 찾으셨어요.

그리고 나리가 보이지 않자, 제가 항상 나리를
정성껏 보필해 드리는 걸 아는지
저에게 나리께 조용히 전해 드리라고…….
잠깐, 그분 성함이 뭐였지?

알세스트 이름은 몰라도 돼. 그 사람이 뭐라더냐?

뒤 부아 나리 친구 분들 중 한 분이셨어요.
중요한 건 아니죠. 그분이 말씀하시길,
나리께서 위험에 처했다고 여기에 계속
계시다가는 체포될 거라고 하셨어요.

알세스트 뭐라고? 또 다른 중요한 말은 없고?

뒤 부아 없었습니다. 잉크와 종이를 달라고 하셨고
나리께 쪽지를 남기셨어요. 아마 그걸 보시면
무슨 일인지 분명하게 아실 수 있을 것 같습니다.

알세스트 어서 그 쪽지를 내게 주거라.

셀리멘 무슨 내용이 적힌 편지일까요?

알세스트 잘 모르겠습니다.
하지만 어서 빨리 무슨 일인지 알아내야죠.
이 멍청한 녀석아, 편지를 내놓으라니까!

뒤 부아 (한참 동안 편지를 찾은 후)
아이고, 나리, 나리의 책상에 두고 왔습니다.

알세스트 으휴, 네놈을 그냥…….

셀리멘 진정하세요. 무슨 일인지 알아보셔야죠.

알세스트 저는 정말 부인과 대화를 하고 싶은데
운명은 우리를 방해하려고 마음먹은 것 같군요.
하지만 저는 그 운명을 뛰어넘을 겁니다.
오늘 해가 지기 전에 부인을 다시 만날 수 있게
해 주세요.

/

제5막

/

/
1장
/

알세스트, 필랭트

알세스트	나는 이미 마음을 먹었네. 자네에게 말했을 텐데.
필랭트	아무리 그런 일을 겪었다 하더라도, 자네가 책임질 것까지야…….
알세스트	아니, 자네가 아무리 애쓰고 나에게 따져도 소용없어. 나는 내가 했던 말을 하나도 바꿀 수 없어. 우리가 살고 있는 지금 이 시대는 너무 타락했어. 나는 사람들과의 관계에서 벗어나고 싶어. 뭐라고! 오롱트라는 삭자가 명예, 정직 그리고 법률과는 거리가 멀다는 건 모두가 알잖아. 어디서나 내 주장이 옳다고들 하더군. 나 자신을 믿고 마음 놓고 있었지. 그런데 잘못 생각했던 거야. 정당한 건 나인데, 소송에서 지다니! 그 거짓말쟁이가 얼마나

파렴치한지 다들 알 텐데 결국 소송에서 이긴 건
그자야. 더러운 거짓말 덕분이지!
모든 진실이 그의 거짓에 굴복하고 말았어!
그는 내 목을 조르듯 소송에서 이길 방법을
찾아낸 거야! 진심이 없고 가식뿐인 그는
당연한 권리를 뒤집고 정의를 엉망진창으로
만들어 버렸어! 법원은 제 역할을 하지 못하고
중죄를 지은 자에게 영광의 관을 씌운 거지!
나에게 잘못한 것도 모자라 읽는 것만으로도
손가락질받아 마땅한 그 끔찍한 책을 세상에
유포하고 있어! 그 책은 끊임없이 비난에
시달려야 하는데 그 교활한 자는 내가 그 책을
썼다고 떠벌리고 다닌다네! 게다가 오롱트까지
여기저기에 슬그머니 속삭이고 다니면서
악의적으로 이 사기 행위를 부추기고 있어!
궁정에서 지위깨나 있다는 자가 할 짓이냐고!
나는 그자에게 진지하고 솔직하게 대한 것 말고는
아무 짓도 안 했어! 오롱트는 자기 마음대로
나를 찾아와서 상냥하게 굴면서 자기가 지은
소네트에 대해 의견을 말해 달라고 강요했지.
나는 정직하게 행동하는 사람이기 때문에
그에게 속마음도 진실도 숨기지 않았어.

그랬더니 나에게 내가 저지르지도 않은 범죄를 덮어씌우는군. 그자는 정말이지 너무 위험한 적수야! 그의 소네트를 좋게 평가하지 않았다고 나를 절대로 용서하지 않겠다는 거지.
빌어먹을, 사람들이 왜 이렇게 어리석을 짓들을 하느냐! 그건 바로 명예 때문이야!
인간들이 그토록 중요시하는 정직함, 선량한 헌신, 정의, 명예가 도대체 무슨 의미인지 모르겠어! 그래, 나는 세상에서 겪을 수 있는 슬픔을 충분히 겪었어. 이 숲에서, 이 위험한 장소에서 뛰쳐나가야겠어. 사람들 사이에서는 어쩔 수 없이 진짜 늑대로 살아야 하거든.
이 음흉한 것들아, 나는 너희들과 함께하지 않겠어!

필랭트   자네의 계획은 너무 즉흥적이야.
인간들의 죄악이 자네가 생각하는 것처럼 그렇게 대단하지 않아. 자네의 소송 상대기 자네에게 죄를 뒤집어씌웠다고 해서 자네를 체포하게 만들 정도의 영향력까지 가진 건 아니지. 그는 자신이 내뱉은 거짓말 때문에 스스로 무너지게 될 거야. 어차피 자기 자신을 망칠 행동이거든.

알세스트 그자가 어떤 인간인데! 자기가 벌인 소동에
신경도 안 써. 공식적으로 흉악한 짓을 해도
된다고 승인이라도 받은 것 같다니까.
그자는 이 일로 망가지기는커녕 내일이면 지위가
더 올라갈걸.

필랭트 그 사람은 악의적으로 자네를 억울하게 만들었어.
하지만 다른 사람들이 그걸 곧이곧대로
받아들이지 않을 거야.
그러니 너무 걱정하지 않아도 돼.
재판 결과에 대해서는 불만을 품을 수 있지.
법원에 재심을 청구하는 게 어려운 것도 아니야.
판결에 대해······.

알세스트 법원 결정에는 이의를 제기하지 않을 거야.
내가 이번 판결로 엄청난 손해를 본다고 해도
법원에 항의하고 싶은 마음은 없어.
다들 나의 정당한 권리가 침해당했다는 걸
너무 잘 알거든. 이번 일이 오히려 화제가 되어서
우리 시대 사람들이 얼마나 악한지에 대한
특별한 증거로 후대에 그대로 남았으면 좋겠어.
이 소송을 치르느라 나는 이만 프랑을 썼어.
하지만 이렇게 비용을 치른 덕분에 인간 본성의
불공정성에 대해 더 신랄하게 비난할 수 있는

	권리가 나에게 생긴 거야.
	그리고 그 본성을 영원히 증오할 수 있게 되었지.
필랭트	그래도…….
알세스트	그러니 자네도 너무 신경 쓰지 마.
	자네가 나에게 해 줄 수 있는 말이 뭐가 있겠어?
	지금 온갖 비열한 일들이 일어나고 있는데
	내 앞에서 이 모든 걸 용서하라고 말할 수 있어?
필랭트	나는 그러려는 게 아니야. 나도 자네의 생각에
	동의해. 모든 게 음모와 사리사욕을 따라 움직여.
	그런데 이렇게 술수가 만연하는 게
	오늘의 일만은 아니야. 세상이 변하려면 사람들이
	아예 다른 존재가 되어야 할걸. 그런데 사람들이
	공정하지 않다는 사실이 사회를 떠나고 싶어 하는
	이유가 될 수 있어? 인간은 살아가면서 결점으로
	인해 철학을 수행하는 방식을 깨닫게 되거든.
	미덕을 다루는 가장 좋은 방법이 바로 이거야.
	모두가 정직으로 무장되어 있다면, 모두가
	정직하고 정의롭고 온순하다면 대부분의 미덕은
	쓸데없겠지. 왜냐하면 미덕이라는 건 타인의
	불의가 우리의 권리를 파고들 때 우리가 꼿꼿하게
	감내할 수 있게끔 도와주는 거거든.
	깊이 있는 미덕을 지닌 진심처럼…….

알세스트 필랭트, 자네의 말씀씨가 세상에서 제일
좋다는 거 나도 알아. 항상 이성적으로
사유한다는 것도 잘 알지. 그런데 자네의 멋진
연설은 시간 낭비야. 이성이 바라는 건 나의
행복을 위해 사람들로부터 벗어나는 거야.
나는 말을 할 때 전혀 통제할 수 없어.
내가 하는 말에 대해 책임지지도 않아.
수만 가지의 것들을 떠안아야 할지 모르거든.
이제 논쟁은 그만하고, 나는 조용히 셀리멘을
기다려야겠어. 셀리멘이 내 계획에 동의해 주어야
하거든. 그녀가 정말 나를 사랑하는지 곧
알게 되겠지. 바로 지금이 그것을 검증할 수 있는
순간이야.

필랭트 셀리멘을 기다리는 동안, 엘리앙트 방으로
올라가 볼까?

알세스트 아니야, 나는 지금 근심이 너무 많아서 마음이
어지러워. 자네는 올라가 봐. 나는 이 작고
어두운 구석에서 가만히 짙은 슬픔과
마주할 테니.

필랭트 별 이상한 것을 다 마주하는군.
내가 가서 엘리앙트에게 내려오라고 할게.

2장

오롱트, 셀리멘, 알세스트

오롱트 부인, 이제 부인께서는 사랑의 약속인 결혼을
통해서 제가 부인 곁에 머물도록 하실지
결정하셔야 합니다. 저는 부인의 사랑에 대한
강렬한 확신이 필요합니다. 사랑하는 사람이
망설이는 모습을 보고 싶지는 않으니까요.
부인께서 제 뜨거운 사랑에 감동하셨다면
절대로 숨기지 말아 주세요.
그러니까 제가 원하는 증거는 바로 알세스트가
부인과 결혼하겠다고 나서는 걸
보지 않는 것입니다. 그 사람 말고 저의 사랑을
받아 주세요. 부인, 바로 오늘부터 그를 댁에서
몰아내 주세요.

셀리멘 그런데 그분께 이렇게 신경을 곤두세우시는

	이유가 뭐죠? 그분의 능력이 좋다고 그렇게 칭찬을 하시던 분이 왜요?
오롱트	부인, 힘들게 설명하려고 할 필요는 없을 것 같습니다. 부인의 마음이 누구에게 향했는지 아는 게 중요하니까요. 선택해 주세요, 제발. 둘 중에 누구를 곁에 두시겠어요? 저는 부인께서 결정해 주시기만 기다리기로 했습니다.
알세스트	(구석에서 숨어 있다가, 나타난다) 그래요, 저 사람 말이 맞아요. 부인, 결정해 주셔야 합니다. 제가 바라는 것도 그겁니다. 저 사람처럼 저도 걱정에 시달리느라 너무 괴로워요. 부인께서 저를 사랑한다는 확실한 증거를 원해요. 이제 더 이상 지지부진하게 가만히만 계실 때가 아닙니다. 지금이야말로 부인의 마음이 어느 쪽인지 분명하게 말씀해 주실 때예요.
오롱트	저는 부인을 정말 사랑합니다. 하지만 이런 저의 사랑이 당신의 행운에 폐가 되지 않았으면 좋겠군요.
알세스트	당신이 질투를 하든 안 하든 아니든 부인의 마음에서 비롯되는 건 그 무엇도 당신과 공유하고 싶지 않습니다.

오롱트	만약 부인께서 저보다 당신의 사랑에 더 마음이 가는 것 같다면…….
알세스트	만약 부인의 마음이 아주 조금이라도 당신 쪽으로 기운다면…….
오롱트	그때부터 저는 결단코 아무것도 바라지 않겠습니다.
알세스트	저도 부인을 절대로 만나지 않겠다고 맹세하겠어요.
오롱트	부인, 이제 주저하지 마시고 말씀해 주시죠.
알세스트	부인, 편하게 말씀하세요.
오롱트	부인의 마음이 누구에게 가 있는지만 말씀해 주시면 됩니다.
알세스트	부인께서는 결단을 내리고 우리 둘 중 한 명을 선택하시기만 하면 돼요.
오롱트	도대체! 왜 그렇게 선택하시기가 힘드시죠?
알세스트	아니, 부인! 지금 마음에 확신이 없어서 흔들리고 계신 거에요?
셀리멘	세상에! 어떻게 이런 말도 안 되는 강요를 하시나요? 두 분 모두 이성을 잃으셨어요! 두 분 중에 한 분을 선택하는 건 어려운 일이 아니에요. 지금 제 마음은 전혀 흔들리지 않으니까요. 두 분 사이에서 머뭇거리는 것도

아니고요. 어떤 분을 선택할지는 순식간에 정할
수 있어요. 그런데 솔직히 두 분 앞에서 직접
고백을 하는 게 너무 부담스럽네요.
누군가가 불편하게 느낄 수 있는 말은 다른
사람들이 함께 있을 때 하면 안 된다고 생각해요.
한쪽으로 기울어지는지는 어차피 드러나게 되어
있어요. 일부러 그 앞에서 말할 필요는 없죠.
제 사랑을 받지 못한 분은 자신의 불행을
자연스럽게 알아채도 되잖아요.

오롱트 아닙니다, 아니에요. 저는 솔직함이 전혀
두렵지 않아요. 부인께서 정하시는 대로
따를 겁니다.

알세스트 저 역시 솔직한 고백을 요청합니다.
실례를 무릅쓰고 부탁드리자면, 숨기려고
하지 말고 확실하게 표현해 주세요.
너무 배려하시려고 조심하실 필요는 없습니다.
부인은 모든 남자들을 곁에 붙들어 두고
싶으시겠죠. 하지만 그 누구에게도 분명하게
마음을 주지 않으면서 즐기기만 하는 건
그만하세요. 부인의 생각을 분명하게 밝히세요.
그렇게 해 주시지 않는다면, 저를 거절하시는
걸로 생각하겠습니다. 부인이 침묵하신다면,

	제가 떠올려 볼 수 있는 것들 중 최악의 경우로 간주하겠습니다.
오롱트	이렇게 노여워해 주시니 너무 감사합니다. 제 마음도 이분과 같음을 말씀드리고 싶네요.
셀리멘	두 분이 변덕스럽게 구시니 정말 피곤하네요! 두 분이 요구하시는 게 정말 바람직하다고 생각하세요? 제가 왜 아무 말도 하지 않는지 말씀드렸잖아요! 엘리앙트가 왔네요. 어떻게 생각하는지 물어봐야겠어요.

3장

엘리앙트, 필랭트, 셀리멘, 오롱트, 알세스트

셀리멘 엘리앙트, 이 두 분 때문에 너무 괴로워.
미리 같이 준비라도 하신 것 같아.
두 분 모두 화를 내면서 두 분 중에 내가
사랑하는 사람이 누구인지 확실히 선택하라잖아.
내 선택을 받지 못한 분은 그때부터 나에게
구애하지 못하게 하라는 거야. 그러면 그분은
나에게 더 이상 정성을 쏟지 않게 되는 거지.
이렇게 해도 되는 거야? 말해 줘.

엘리앙트 그 문제에 대해서는 나에게 의논하지 말아줘.
나 때문에 언니도 잘못된 결정을 내리면 어떡해.
그런데 나도 자기 생각을 말하는 사람이
좋다고 생각해.

오롱트 부인, 자꾸 거부해도 소용없게 되었군요.

알세스트 계속 말을 돌릴 핑계가 사라져 버렸네요.
오롱트 말해 주셔야 합니다.
이제는 결정을 내리셔야 해요.
알세스트 계속 침묵을 지키실 참이에요?
오롱트 단 한 마디면 우리의 논쟁을 끝낼 수 있습니다.
알세스트 부인이 말을 안 하시면,
제 마음대로 생각하겠습니다.

4장

아카스트, 클리탕드르, 아르지노에, 필랭트,
엘리앙트, 오롱트, 셀리멘, 알세스트

아카스트 부인, 실례합니다만, 저희 두 사람이 사소한
사건이기는 하지만 진상을 밝히려고 이렇게
찾아왔습니다.
클리탕드르 때맞춰 두 분도 여기 계셨네요.
두 분도 이 일과 관련되었거든요.
아르지노에 부인, 제가 보여서 놀라셨죠. 여기 이 두
신사 분들 때문에 오게 되었습니다.
두 분께서 저를 찾아오셔서 하소연을
하시더라고요. 저로서는 믿기 힘든 이야기였어요.
저는 속 깊은 부인을 존경해 왔거든요.
부인께서는 절대로 그런 잘못을 저지르지
않았을 거라 믿습니다. 두 분께서 확실한 증거를
보여 주셨지만 저는 거짓말이라고 했어요.

내가 생각했던 것과 조금 다르다고 해서
우정을 포기할 수는 없으니까요.
부인께서 이런 모함에서 어떻게 벗어나실지
지켜보기 위해 이렇게 이곳까지 오게 되었습니다.

아카스트 그렇습니다. 부인. 마음을 진정시키고 지켜보죠.
이 문제에 대해 어떻게 설명하실지요?
이 편지는 부인께서 클리탕드르에게 보낸 거죠?

클리탕드르 이 연애편지는 아카스트에게 쓴 것이고요?

아카스트 두 분도 이 필체가 전혀 낯설지 않으실 거예요.
그동안 두 분께서도 부인이 직접 쓴 글씨를
보아 오셨을 테니 부인의 필체를 너무도 잘
알아보실 거라 믿습니다. 그렇다면 더 이 편지를
읽어 볼 가치가 있겠군요.
"당신은 이상한 분이에요. 제가 쾌활하다고
비난하고, 당신과 함께 있지 않을 때만
기뻐한다고 목소리를 높이죠. 이보다 억울한 말은
없을 거예요. 이 무례한 태도에 대해 어서 빨리
용서를 빌러 오지 않으신다면, 저는 평생 당신을
용서하지 않을 겁니다. 그 키다리 자작……"
이분이 여기 계실 거예요.
"당신이 불만을 토로하기 시작했던 키다리 자작은
제 마음에 들지 않는 분이에요.

그분이 사십오 분 동안 동그라미 모양을
만들려고 침을 뱉는 모습을 보았을 때부터 저는
절대로 그분을 좋게 생각할 수가 없었거든요.
그리고 키 작은 후작은……"
자랑하려는 건 아니지만, 이건 저입니다.
"키 작은 후작은 어제 아침에 오랫동안 제 손을
잡으셨죠. 제 생각에 그분은 정말이지 초라하기
그지없어요. 그의 능력은 겉으로만 그럴듯해
보이지, 속은 텅 비어 있을 뿐이에요.
그리고 초록색 리본을 단 분은……"
(알세스트에게) 이제 당신 차례입니다.
"초록색 리본을 단 분은 생각지도 못한
돌출 행동과 우울한 모습이 새롭게 느껴져서
매력적이기는 해요. 하지만 난처하게 느껴질 때가
수없이 많아요. 그리고 앞이 트인 긴 웃옷을
입은 분은……"
(오롱트에게) 이제 당신이군요.
"앞이 트인 긴 웃옷을 입은 분은 재능에
온몸을 던졌어요. 다른 사람들이 뭐라고 하든
작가가 되고 싶어 하죠. 저는 그가 말할 때
가만히 듣고 있을 수가 없어요. 운문은 물론
산문도 피곤한 건 마찬가지예요.

그러니까 제가 늘 즐긴다고 생각하지 말아 주세요.
잊지 말고 꼭 기억해 주세요. 사람들에게 이끌려
모임에 갈 때마다 당신이 함께하지 못한다는
사실에 제가 굉장히 아쉬워한다는 것도요.
사랑하는 사람이 곁에 있을 때 가장 짜릿한
기쁨을 맛보잖아요."

클리탕드르   자, 지금은 제가 읽어 보겠습니다.
"당신께서 말씀하신 클리탕드르는 상냥한 척하는
모습이 가식적이긴 해요. 가까이 지내는 남자분들
중에 제일 마음이 없는 사람이죠. 제가 그분을
사랑한다고 믿는다는 게 정말이지 어처구니가
없어요. 당신은 반대로 제가 당신을 사랑하지
않는다고 생각하고 계시고요. 그분과 당신이
생각을 바꾸셔야 해요. 그래야 말이 되거든요.
저를 보러 최대한 많이 와 주세요. 그 사람이
저에게 집착하는 게 너무 힘들어요. 도와주세요."
너무 멋진 분이리 본보기로 삼아야겠네요.
부인, 이런 분을 뭐라고 불러야 할지 아시나요?
우리가 둘이서 어느 곳을 가든지 부인의 진짜
본심이 얼마나 명예로운지 잘 설명해야겠어요.

아카스트   부인께 말씀을 드리고 싶군요. 물론, 할 말은
많습니다. 하지만 화를 낼 가치도 없는 분이세요.

곧 알게 되실 거예요. 초라한 후작들이 서로를
위로하기 위해 얼마나 고결한 마음을
품게 되는지 말이죠.

오롱트 세상에! 이런 식으로 저를 고통스럽게
하시다니요! 저에게 편지까지 써 주셨잖아요.
남자들에게 그럴듯해 보이게 잔뜩 치장한 마음을
차례대로 보여 주면서 사랑의 약속을 하셨네요!
그래요, 제가 제대로 속았네요.
더 이상 속지 않을 겁니다. 아주 좋은 일을
하신 거예요. 당신이 어떤 사람인지
알게 되었으니까요. 당신에게 주었던 마음을
다시 찾았으니 천만다행입니다.
당신은 사랑을 잃었으니 저는 복수를 한 거고요.
(알세스트에게) 저는 더 이상 당신 사랑의 걸림돌
이 되지 않겠습니다.
당신이 알아서 부인과 결판을 내시죠.

아르지노에 이 모습이 바로 가장 어두운 세상이군요.
도저히 가만히 있을 수가 없어요.
마음이 요동을 치고요. 부인처럼 행동하는
사람들을 본 적이 있나요? 저는 남 일에
왈가왈부할 생각이 전혀 없어요. 하지만 부인이
얼마나 큰 행운을 누리셨는지 모르셨나 봐요.

	저렇게 능력 있고, 존경받는 분이 부인을 우상처럼 바라보며 지극정성으로 사랑하셨는데, 어떻게 이러실 수가…….
알세스트	부인, 제발 저를 내버려 두세요. 이 문제는 제가 알아서 해결하겠습니다. 이렇게 지나친 관심을 보여 주지 않으셔도 됩니다. 아무리 그러셔도 제 마음이 부인께 가지 않습니다. 복수하기 위해 다시 다른 분을 뜨겁게 사랑할 수 있는 상태가 아니에요. 그런 목적으로 다른 여인을 선택한다고 해도 부인을 떠올리지는 않을 것 같아요.
아르지노에	어머, 제가 지금 그렇게 생각했다고요? 제가 당신의 사랑을 차지하려고 이렇게 난리를 친다고 생각하시는 거예요? 정말 그렇게 기대하시고 믿으셨다면 당신은 너무 거만하신 거예요. 설마 제가 셀리멘 부인이 거절한 별 볼 일 없는 사람을 사랑할 정도로 멍청해 보이세요? 제발 정신 차리시고 좀 겸손해지세요! 당신이 필요한 사람은 저 같은 사람이 아니에요. 계속 셀리멘 부인을 사랑하시는 게 나을 것 같군요. 두 분의 아름다운 결합을 보고 싶어서 안달이 날 지경입니다!

(무대를 퇴장)

알세스트 저런! 저는 모든 상황을 잠자코 지켜보며 아무 말도 하지 않았습니다. 다른 사람들이 먼저 떠들어 대도록 내버려 두었죠. 이렇게 오랫동안 참았으면 참을 만큼 참은 거죠? 이제 제가…….

셀리멘 네, 하고 싶은 말씀이 있으시면 다 하세요. 불만이 생겼을 때는, 비난하고 싶은 대로 모두 말씀하실 권리가 있어요. 제가 잘못했습니다. 인정할게요. 너무 부끄럽네요. 무슨 변명을 해도 소용이 없을 것 같아 엄두도 나지 않습니다. 솔직히 다른 분들이 화를 내도 대수롭지 않게 넘길 수 있습니다. 하지만 당신께는 제가 정말 잘못한 게 맞아요. 당신이 저를 원망하시는 건 당연해요. 저도 제가 비난받아 마땅하다는 걸 알아요. 제가 부정을 저질렀다는 걸 모든 게 말해 주고 있으니까요. 당신이 저를 증오할 이유는 충분해요. 저를 증오하세요. 그대로 받아들이겠습니다.

알세스트 흠, 배신한 여인이여, 제가 어떻게 그럴 수 있겠어요? 제 안에 있는 이 모든 사랑을 제가 어찌할 수 있겠어요? 아무리 당신을 증오하려고

해 봐도 당신을 향한 제 사랑을 이길 수
있겠어요?
(엘리앙트와 필랭트에게)
자격이 없는 사랑이 무엇을 할 수 있는지 두 분은
보셨습니다. 그리고 제가 얼마나 무능한지 두 분
모두 목격하셨어요. 하지만 사실대로 말하자면
아직 이게 전부가 아닙니다. 제가 어느 정도로
나약한지 보실 수 있을 겁니다. 우리 인간들이
현명하다고 하는 건 잘못된 생각이며
우리 모두는 항상 어쩔 수 없는
인간일 뿐이라는 걸 보여 드리겠습니다.
그래요, 배신자여, 저는 정말 당신의 무거운 죄를
잊고 싶군요. 마음속으로 당신이 저지른
모든 죄를 용서할 거예요. 당신이 아직 젊어서
저질렀던 이 시대의 악행들은 전부 다
나약함 때문이라고 생각하고 덮을 거예요.
내가 사람들에게서 벗어나 살겠다는 계획에
당신도 함께하겠다고 한다면요. 나는 사람들이
살지 않는 오지로 가서 살기로 마음먹었어요.
주저하지 말고, 저를 따라가기로
결정을 내려 주세요. 그렇게 해야만 당신이
편지로 다른 사람들에게 저지른 잘못들에 대해

사죄할 수 있어요. 나의 마음은 고결해서 이런 물의가 정말 혐오스러워요. 하지만 결국 당신을 여전히 사랑하기로 결정을 내렸나 봅니다.

셀리멘 늙지도 않았는데 사교계를 떠나라니요! 외딴곳에서 늙어 죽으라는 건가요?

알세스트 당신의 마음이 저의 사랑에 응한다면 세상에 남아 있는 것들이 뭐가 그리 중요합니까? 나와 함께하는 것만으로 당신의 욕망은 채워질 수 없나요?

셀리멘 이제 스무 살밖에 되지 않은 사람에게 고독은 두려울 수밖에 없죠. 저는 그런 계획을 따르겠다고 결심할 정도로 원대하고 강한 마음을 지니지 못했어요. 혹시 결혼하는 것으로 당신을 만족시켜 드릴 수 있다면 결혼은 결심할 수 있을 것 같아요. 그리고 결혼은······.

알세스트 됐습니다. 이제 저는 당신을 미워합니다. 제 계획에 동의하는 것 말고는 다른 건 아무 소용없어요. 왜냐하면 사랑의 결합이라는 건 나에게 당신이 전부인 것처럼 당신에게도 내가 전부이어야 하잖아요. 당신은 그렇지 않은 것 같군요. 이제는 제가 당신을 거부하겠어요.

이렇게 심한 모욕을 당하다니!
당신은 제 변함없는 사랑을 받을 자격도 없어요.
이제 영원히 버리도록 하겠습니다.
(셀리멘은 자리를 떠나고, 알세스트는 엘리앙트에게 말한다)
부인, 아름다운 당신은 수많은 미덕으로
더욱 빛나는군요. 오로지 당신만이 진정성을
보여 주셨어요. 오래전부터 부인이 정말
존경할 만한 분이라고 생각해 왔습니다.
하지만 앞으로도 계속 부인을 지금처럼
존경할 수 있게 해 주세요. 제 마음속에서는
지금 온갖 동요가 일고 있습니다.
존경하는 부인의 사랑을 받아들이지 못하는 것을
용서해 주세요. 저는 그런 사랑을 받을 자격이
없습니다. 태어날 때부터 부인과의 결혼은
가당치 않았다는 것을 이제 알게 되었습니다.
부인 같은 분께는 저의 이런 찬사도
너무 하찮은 것 같아요.
저는 당신과 감히 비교할 수도 없는 여자에게
버림받은 사람이니까요. 그러니까······.

엘리앙트 생각하시는 대로 하세요. 저는 제가 결혼하지
못할까 봐 걱정하지 않으니까요. 여기 당신의

친구 분이 있잖아요. 이분이라면 근심 같은 건 하지 않아도 될 것 같아요. 제가 원하면, 결혼을 승낙해 주실 분 같군요.

필랭트 세상에! 그런 영광은 제가 너무도 원하던 것입니다. 그 영광을 위해 저의 몸과 삶을 다 바치겠습니다.

알세스트 두 분이 진정한 만족을 만끽하려면 서로를 향한 마음을 영원히 지켜내야 할 거예요. 모든 곳에서 배신당하고, 불공정에 짓눌린 저는 악덕이 장악해 버린 이 깊은 구렁에서 이만 벗어나야겠습니다. 세상에서 멀리 떨어진 곳을 찾아서요. 자유롭게 명예로울 수 있는 그런 곳을 찾아가겠습니다.

필랭트 부인, 그가 마음속에 품을 계획을 포기할 수 있도록 모든 것을 동원해 봅시다.

/

옮긴이의 글

/

몰리에르는 장 라신, 피에르 코르네유와 더불어 프랑스 17세기 3대 고전 극작가로 불린다. 라신이 비극을 대표한다면 희극의 대표는 몰리에르다. 당시 희극은 오락거리로만 취급되던 하위 장르였다. 비극에 비해 이야기가 단편적이고 저속하다고 간주되었기 때문이다. 하지만 몰리에르는 웃음을 유도하면서도 다양한 형식과 내용을 만들어냄으로써 희극을 비극과 동등한 위치로 끌어올렸다. 하지만 결과적으로는, 궁정은 물론 대중의 사랑을 한몸에 받는 동시에 파격과 논란을 끊임없이 몰고 다녔던 문제적 작가일 수밖에 없었다.

몰리에르의 작품들은 단순히 웃기기 위한 희극이 아니었다. 인간의 본성을 치밀하게 들여다봄으로써 시대의 문제를 직시하고 풍자했다. 인간의 악덕은 물론 신분 상승에 대한 인간의 집착, 위선적 종교와 교육 문제까지 다루면서 권위주의를 향해 끊임없이 냉소를 던졌다. 그 중심에 『인간 혐오자』가 있다.

『인간 혐오자』는 1666년에 초연되었다. 사건 위주의 줄거리보다 인물들의 성격을 매우 세밀하게 묘사했다. 이처럼 희극적 인물의 괴팍스러운 면과 고유한 특정 성격을 바탕으로 하는 희극을 '성격 희극'이라고 한다. 바로 우리의 주인공 '알세스트'가 이런 특징을 잘 보여 준다.

알세스트는 인간 본성에 대해 지나친 불신과 혐오를 품고 있다. 그가 생각하는 인간들은 절대로 선한 존재가 될 수 없다. 그런 인간들로 구성된 사회가 알세스트의 성에 찰 리가 있겠는가. 그는 절대적인 잣대로 세상을 비난하며 그 세상 속 인간들에게 분노한다. 그의 분노는 특히 사교계로 향해 있다. 그의 눈에 비친 사교 사회는 온통 권력에 집착하는 자, 아첨하는 자, 가식적인 자들뿐이다. 알세스트 본인도 귀족이지만, 그는 귀족들과의 인간관계를 원천적으로 거부하기에 이른다. 결국 그는 스스로 의도했든, 어쩔 수 없이 밀려났든 사교 사회의 아웃사이더가 되고 만다.

여기서 한 가지 짚고 넘어가자면, 17세기 프랑스는 귀족 계급의 사교계가 '살롱'을 중심으로 형성되고 있었다는 것이다. 사실 이 작품과는 별개로 이 살롱으로 모여든 많은 귀족들과 문인들을 통해 17세기 프랑스 문학이 모습을 갖추었음을 마냥 부정할 수는 없을 것이다. 살롱의 문학에 대한 직간접적인 영향력은 연애모험담을 다룬 전원 소설부터 서한문과 시, 그리고 이들의 지나친 이상주의에 대한 반발로 유행하기 시작한 익살

극부터 고전주의 희비극까지 줄곧 관통해 왔다.

『인간 혐오자』의 등장인물들 역시 이 '살롱'으로 모여든다. 어린 나이에 과부가 된 셀리멘의 살롱이다. 주인공 알세스트, 필랭트, 오롱트, 셀리멘, 엘리앙트, 아르지노에, 두 명의 후작이 이곳을 오고 간다. 이들의 관계를 단순하게 살펴보자. 이들 중 필랭트, 오롱트, 셀리멘 이 세 사람이 비중 있는 주변 인물이라고 할 수 있는데, 이들은 알세스트가 혐오감을 드러낼 수밖에 없는 뚜렷한 성향을 가지고 있다.

알세스트가 보기에 친구 필랭트는 너무 가식적이다. 필랭트는 알세스트와 함께 길을 가다가 지인을 만난다. 지인을 한껏 반기고 인사를 나누지만, 그가 지나간 후 알세스트가 누구냐고 묻자 별로 중요하지 않은 사람인 듯 대답한다. 필랭트의 이런 모습에 알세스트는 격분하고 만다.

알세스트는 내가 상대에 대해 어떻게 생각하는지를 분명히 보여 주어야 한다고 주장한다. 반면 필랭트는 상대가 나를 반기면 나도 그를 반겨야 한다고 말한다. 그것이야말로 인간이 사회 속에서 살아가기 위한 예의라는 것이다.

다음으로 알세스트와 갈등을 겪은 사람은 허세가 가득한 오롱트다. 오롱트는 예전부터 알세스트에 대한 호감이 많았고, 적극적으로 친구가 되고자 한다. 하지만 알세스트는 '우정'은 신비롭고 고결한 것이므로 시간이 필요하다고 답한다. 오롱트는 당연히 기다리겠다고 말하면서, 자기가 지은 소네트에 대한 평가를 부탁한다. 상대를 생각해서 부드러운 말을 하기보다 자신의 속마음을 그대로 열어 보이는 알세스트가 그의 시를 좋게 평가할 리 없었다. 신랄한 비판에 상처를 받은 오롱트는 훗날 알세스트를 상대로 소송을 걸고 그에 대한 악의적 소문을 널리 퍼뜨리는 데 한몫한다. 심지어 오롱트는 알세스트가 사랑하는 여인을 사랑한다. 아니, 어쩌면 '그녀'가 문제였는지도 모르겠다. 이 작품의 한가운데 자리하고 있는 인물이 바로 셀리멘이니까 말이다.

사실 알세스트가 가장 증오해야 할 인물이라면 셀리멘일 것이다. 셀리멘은 자신에게 구애를 쏟아붓는 남자들 중 그 누구에게도 사랑에 대한 확신을 주지 않는다. 그들에게 둘러싸여 남을 헐뜯는 데 혈안이 되어 있을 뿐이다. 알세스트가 이런 셀리멘을 사랑하다니! 안타깝게도 사랑은 모순일 수밖에 없는 것일까……? 알세스트는 필랭트에게 이렇게 말한다.

"하지만 사랑을 결정짓는 건 이성이 아니잖아."

이성이 작용했다면 셀리멘을 사랑할 수 없었을 것이라는 알세스트의 고백이다. 하지만 셀리멘을 향한 자신의 사랑에 대해 다음과 같이 표현한다.

"이 타락한 시대 속에서 그녀의 영혼은 나의 사랑을 통해 깨끗해질 수 있을 거야."

그러니까 알세스트의 혐오감은 어쩌면 '교만'에서 비롯되었을지도 모른다. 자신만이 깨끗하고 나머지는 더럽다는 오만과 순결한 자신이 세상을 정화시킬 수 있을 거라는 믿음에 그는 사로잡혀 있었다. 결국에는 셀리멘이 쓴 다른 남자에게 연애편지가 발각되면서 그가 얼마나 어리석은 착각을 하고 있었는지 드러나고 만다.

알세스트와 오롱트는 셀리멘에게 둘 중 한 명을 택하라고 종용하기에 이른다. 하지만 셀리멘은 선택받지 못하는 사람에게 차마 상처를 주는 행동은 할 수 없다면서 끝끝내 결정을 미룬다. 종용하는 자들과 거부하는 자 사이의 갈등은 정점으로 치닫고 극은 결말을 향해 달려간다.

마침내 셀리멘은 누구를 선택할까, 알세스트는 셀리멘과 행복할 수 있을까, 이런 질문들을 던질 수 있을 것이다. 그러나 그런 의문들은 사실 큰 의미가 없다. 독자들이 이 작품의 재미를 고스란히 느낄 수 있도록 여지를 남겨 두려는 목적도 있지만, 굳이 결말에 신경 쓰지 않더라도 작품 읽어나가는 동안 충분히 즐거울 거라고 감히 말해 본다.

개인적으로 불문학 전공이었던 대학 시절, 시간표를 짤 때 몰리에르 관련 수업은 되도록 피하려고 했었다. 고전 문학이라는 부담감도 있었겠고, 생소했던 희곡이라는 장르 때문이었을지도 모르겠다. 몰리에르 희곡 수업은 막 입학해 불문학에 대해 적응하지 못했을 때는 엄두도 내지 못했고 개설된 수업도 없었다. 어느 정도 감을 잡았을 고학년 수업에 몰려 있었고, 솔직히 졸업을 앞둔 시점에서는 편안한 수업을 듣고 싶은 마음이 컸다.

군이 핑계를 대자면, 고전 문학보다 현대 문학을 더 좋아했기 때문일 것이다. 하지만 살아가면서 몰리에르를 문득 마주칠 때마다 가슴 한 편에 남아 있는 아쉬움을 느낄 수 있었다. 오랜 시간이 흘러, 나는 '일'을 통해 몰리에르를 만나고야 말았다. 정말 반가웠고 참 다행이라는 생각이 들었다.

군이 지금 왜 고전 문학을 읽어야 하느냐고 누군가 나에게 따져 물을지도 모르겠다. 나는 오래 고민하지 않고 대답할 수 있을 것 같다. 결국 그것이 '문학'의 가치이기 때문이라고. 번역을 진행하면서 가장 놀랐던 건, 세월이 400년 가까이 흘러 버린 이 작품 속에 21세기 현대인의 삶이 너무나도 선명하게 담겨 있다는 사실이었다.

이것이 바로 고전의 메시지다. 절대 불변의 위안의 메시지다. 인간의 모습은 과거에도 현재에도 그리고 미래에도 결국 똑같다. 어쩌면 허무에 가까울 이 결론이 현대 사회의 우리에게는 오히려 희망이 되고 위로가 되어 줄 것이다.

몰리에르 연보

1622년	파리에서 아버지 장 포클랭과 어머니 마리 크레세의 첫째로 태어남. 1월 15일 세례를 받음.
1631년	아버지 장 포클랭이 궁정 실내장식업자의 직위를 얻음. 예수회의 클레르몽학원에 입학해 인문주의 교육을 받음.
1632년	어머니 마리 크레세 사망.
1637년	아버지 장 포클랭의 직위를 상속받을 것을 서약.
1640년	오를레앙 대학에서 법률학을 공부.
1643년	아버지 장 포클랭의 직위를 상속받는 것을 포기. 극단 〈일뤼스트르 테아트르〉 설립.
1644년	예명 '몰리에르' 사용하기 시작. 이후 필명이 됨.
1645년	8월 극단 〈일뤼스트르 테아트르〉 파산. 10월 부채로 인해 수감 후 출소하자마자 파리를 떠남.
1645-58년	희극 작품을 쓰며 지방으로 순회공연을 다님.

1658년	『덤벙쟁이』, 『사랑의 원한』 집필. 『니코메드』, 『사랑은 의사』 상연.
1659년	『우스꽝스런 프레시외즈들』 상연.
1660년	남동생 장 3세 포클랭 사망.
1661년	루이 14세의 후원으로 파리 팔레 루아얄 극장에 정착 및 공연.
1662년	2월 20일 동료 여배우 마들렌 베자르의 딸인 아르망드 베자르와 결혼. 『아내들의 학교』 발표.
1664년	베르사유 궁에서 『타르튀프』 상연.
1665년	'국왕의 극단' 칭호를 얻음. 9월 22일 베르사유 궁에서 『사랑은 의사』 상연. 『동 쥐앙』 발표.
1666년	『인간 혐오자』 발표.
1667년	논란의 『타르튀프』를 수정한 『파늴프』 발표.
1668년	『암피트리온』, 『조르주 당댕』, 『수전노』 발표.
1669년	『타르튀프』 상연 금지령이 해제되어 일반 대중에게 상연이 가능해짐.
1670년	『서민귀족』 발표.
1672년	마들렌 베자르 사망. 이에 대한 상실감으로 건강 악화. 『스카펭의 간계』 발표.
1673년	2월 10일 『상상병 환자』 발표. 2월 17일 『상상병 환자』 공연 중 쓰러졌으나 공연을 마친 후 집으로 돌아와 지병인 폐병으로 사망.

옮긴이 **김혜영**

이화여자대학교 통번역대학원에서 한불 번역을 공부한 후 여러 공공기관에서 통번역 활동을 했으며 출판사에서 기획편집자로 일했다. 현재 번역 에이전시 엔터스코리아에서 번역가로 활동 중이다. 옮긴 책으로는 『이방인』, 『어린 왕자』, 『내가 걸어서 여행하는 이유: 지구를 사랑한 소설가가 저지른 도보 여행 프로젝트』, 『완벽한 여자를 찾아서』, 『이 책 두 챕터 읽고 내일 다시 오세요: 책으로 처방하는 심리치유 소설』, 『당신이 자유로워졌다고 믿는 사이에』, 『우리 눈이 보는 색 이야기』, 『진짜 자존감』, 『엄마의 용기: 세상에서 가장 위대한 유산』 등 다수가 있다. 한불 번역으로 한강의 단편 소설 『아홉 개의 이야기』가 있으며 프랑스에서 출간된 한국 단편소설집 『Nocturne d'un chauffeur de taxi』에 실렸다.

미래와사람 시카고플랜 005
인간혐오자

초판 인쇄 2022년 12월 05일
초판 발행 2022년 12월 12일

지은이   몰리에르
옮긴이   김혜영
기획   엔터스코리아
펴낸곳   미래와사람
펴낸이   송주호
편집   권윤주, 정예림
디자인   권희정

등록   제2008-000024호. 2008년4월1일
주소   서울시 관악구 신림로 129-1
전화   02)883-0202   팩스   02)883-0208

※ 이 책은 미래와사람이 저작권자와의 계약에 따라 발행하였습니다.
  저작권법에 의해 보호를 받는 저작물이므로 본사의 허락 없는 무단 전재와 무단 복제를 금합니다.
※ 미래와사람은 ㈜윌비스의 단행본 브랜드입니다.
※ 미래와사람은 사람의, 사람에 의한, 사람을 위한 책을 추구합니다. 원고 투고를 원하시는 분은
  willbesbook@daum.net로 보내주시기 바랍니다. 독자여러분의 무궁무진한 아이디어를
  '미래와사람'과 함께 펼쳐나가기를 희망합니다.
※ 잘못된 책은 구입하신 곳에서 바꾸어 드립니다.

책값은 뒤표지에 표기되어 있습니다.
ISBN 979-11-6618-479-6 04800
      979-11-6618-418-5 (세트)